鬥陣

ㄉㄡˋ ㄓㄣˋ

彭思舟、么九／著

另類學生運動，現代哪吒初降臨

——記戒嚴時期中國海專中華路大戰

民國七十年代，在台北西門町仍然是年輕人群聚活動的最主要場域的時代，稀來攘往的人群有時候會突然像保齡球被撞擊了似的向四方炸開，留下不成比例的空間，只為了迎接一群身著黑色短大衣的輕狂少年。

他們不是「艋舺」中的混混，也沒有「流氓」的蠻橫，但是所經之處就是黑壓壓的壓在每個人的心頭，炫惑的魅力及無聲的魄力使人深受震懾。

筆者當時身為自動往兩旁讓位者，心中也曾質疑，政大的高材生怎麼會讓位給末段班的中國海專小痞子？難道就只是「秀才遇到兵」？或是自我選擇了「明哲保身」這麼簡單的原因嗎？

帶著疑問的青年很快就被歲月折磨成一個歷經風霜的中年教書匠，而且在因緣際會下，竟然在中國海專改制升格的台北海洋技術學院做起了校長（二〇一〇～一二）！

直接到疑問的根源找答案，是最能解惑的好方法！

在海院工作的兩年期間，我接觸到第一屆以降畢業而仍在校任教或任職的同仁，接觸到各行各業努力打拼而成就一番事業的校友。拜社子島禁建數十年之所賜，古樸的校舍仍保持原樣，使我親歷既教育出郭台銘陽剛霸氣的突出性格，又成就了郭子乾學什像什的傑出才藝的河岸海口，屋宇草木。

我體會到航海專業的信念：「海洋無疆界、大洋任我行」、「付出不一定會獲得，但仍要不斷的付出，奮力前進，義無反顧！」

我理解了海事人才的理念：「立定目標，堅定方向，絕不回頭！」

這就是海專人身上的海洋氣質，這種特質及氣魄，使安於逸樂的陸地生物，回不自覺的屈服在海上霸主面前。

當濤天巨浪當前仍能沉著以對，逆風而行的氣質一旦成為我們血液中的主要成份，面對當時仍以威權治國的政治體制的箝制，力求學生俯首聽命的教育體系的壓抑，來自四面八方各級學校同學的挑釁，我們海專人能做的唯一選擇當然就是奮力一搏，以寡擊眾！

七十年代的中華路大戰，海專學生與層層密密的情治系統的憲警人員，以及教育系統的訓導人員鬥力鬥智，在首善之區的博愛特區旁，以一校之力對抗十校大軍，雙方混戰於中華路，海專學長們戰鬥再戰鬥，前進再前進，終於威服各校，大展雄風。

在沒有政治力動員的情況下，這場青年對社會壓抑氛圍的不滿的發洩，被定義為「太保學生打群架」。然而敢在肅殺的特定時空勇於挑戰各項禁忌的年輕人，豈是一個「太保學生」的標籤可以抹殺的？

所以，雖然從此海專的社會定位江河日下，但由今天的觀點來看，這種服膺自己的信念，勇往直前的精神豈不令人豔羨？若說這是台灣的青年人自發的第一場學運，誰曰不宜？

台北海院經營管理系教授兼主任秘書，前教務長彭思舟博士，以法學博士的專業眼光，曾任職中央通訊社的媒體人的犀利觀察及敏銳感觸，將我們海專前輩所做的轟轟烈烈的往事，以小說的筆法細膩的呈現，為讀者們重建當時的時空。在如今一切求安穩的宅世代當道時代，期待讀者以這本書與曾經充滿生命力與拼搏精神的青年台灣神交，找回向前奮進的精神，重新在困難險阻當中再出發，航向自己生命的光明。

特以此文為推薦序。

高雄師範大學人力與知識管理研究所教授

前台北海洋技術學院校長

劉廷揚 謹致於高雄河堤

二〇一二／一〇／二十五

自序

讓我們試著想像一下，在一個不能留長髮、有髮禁、學生談戀愛會被記過、「開舞會」會被條子抓、寫小說、拍電影要經過政治審查，要是不小心罵總統還會被抓去關的年代，竟然有三百個學生騎機車、在不被警備總部察覺下，集結在台北首都「天子腳下」、最繁華的西門町中華路，展開一場台灣學生史上最大的械鬥事件「決戰中華路」，尤其在這事件發生後的七年，在這塊土地、台灣竟然正式解嚴、進入民主時代了。面對這樣的事件，我們要怎樣去定位它的時代意義？就吾人而言，它所代表的，絕對不只是當時報紙所言，只是單純的學生械鬥、黑幫火拼而已。

「鬥陣」這本小說的時代背景，主要就是借取上述一九八〇年五月三十一日發生在台北市中華路的學生打群架事件，加以改編的。當時台灣的大時代背景，以兩岸關係分析，已從武力對峙已經轉為政治上的對峙，但戒嚴依舊，台灣經濟社會型態、開始從農業社會轉入工業社會，經濟進入起飛階段，中產階級初步成形，社會資源不足、報禁也沒有解除、黨外運動正在醞釀，羅大佑的叛逆歌曲開始流行，包括「戀曲一九八〇」，飄揚在當時每一個苦悶年輕的心靈。

時序走到二〇一二年末的台灣，因為機緣巧合，思舟有幸到擁有海洋氣魄、叛逆精神、傳承「決戰中華路」傳說的台北海洋技術學院（前身為中國海專）任教，耳聞許多海專前輩當年的奇聞軼事，加以與傳播界有些淵源，結識了掌握與駕馭青春語言非常出色的青年作家「十九」，藉由我的口述與「十九」的合作，將決戰中華路的故事，以小說的形式改編呈現，期待能夠更有利於這曾經存在的傳說流存。

此外，這本小說可以出版，還要感恩秀威的宋總，我出版了將近十本書，但從來沒有紅過，不過，宋總卻始終沒有放棄我，且一路走來，亦師亦友，人生要是可以再多幾個這樣的貴人，我想，我也有機會當九把刀吧！

目次

楔子

「如果說，年少就會輕狂，那我的青春根本就是發狂。」

豪華辦公室裡，董事長座椅和一個男人，這個男人姿勢有點怪異，在椅子前呈現半蹲姿勢。

「咦？奇怪……怎麼突然覺得屁股好痛吶。」劉曜華一手摸著屁股一邊想著。

「是火氣太大了長痔瘡了嗎……？小林!!」張口一喚，隨後門被打開，西裝筆挺的黑衣男人走了進來。

「少東找我？」

「嗯……幫我……咳!!」劉曜華清了清喉嚨。一時有點不太好意思開口要助理幫他先跟台大泌尿科掛號，臉悄悄有點紅了起來。

「少東……？」小林心裡升起不安感暗暗流了把冷汗，少東怎麼了有話說不出口？臉還紅紅的……難道是……？

劉曜華心定了定，無論如何還是要開的口，堂堂全國排名第一的中山書局少東沒什麼不敢的！

「咳咳，小林幫我掛個號，那個……那個台、台、台、台大直腸肛門科。」劉曜華雖然下定了決心說了出口，但還是語帶結巴又快速的帶過。

「是！少東，我馬上就去預訂。」黑衣人轉身走了出去。留下還在董事長座椅前想著到底是要坐還是要站的劉曜華。

隔日，台大醫院X光一照，醫生檢查出來，根本就不是什麼痔瘡，是「扁鑽頭」。什麼是扁鑽？

它，在非正式官方統計過，排行殺人武器折凳排第一，扁鑽就是第二名了，就像小李他媽的飛刀會排第一，是因為他先翹辮子，只是世人為了尊敬他而說說的。扁鑽外型看起來像支鋼筆，優點不計其數——小巧、輕盈、好攜帶，可以隨時抽出與丟棄。

檢查完後，劉曜華摸著屁股，笑了起來，越笑越大聲，人在醫院門口，思緒卻回到了當年史詩（形容詞）般的那一役。

四十年前那一天，所有人紅著眼，帶著像是要漲爆胸口般的熱血，要討回來的是數不完的仇恨，因為接下來這一戰，是絕對壯烈的一戰。

三百壯士看過吧？口中喊著「this is 斯巴達~」穿著比四角內褲還短的肌肉猛男。但是你有看過，三百壯士騎著偉士牌討伐敵人嗎？

這麼大的場面，戰場絕對關鍵，這次，戰場就在台灣；就在西門町，相約決戰中華路!!

一

站在醫院前狂笑不止的劉董，到底回想到了什麼？

在熙來人往的街道上，這似乎不是一棟太特別的房子。

但在裡面藏著的樂趣，讓男人瘋狂的血脈賁張，讓女人大膽的秀出自我。

一隻手，男人的手，粗糙、厚實往門上扣扣扣敲三聲。

「誰？」門的背後傳來男聲，簡潔的問來者何人。

「我最愛海咪咪！」四個男生整齊的一起喊出此口令。

門被打開，左邊看去，煞是如沐春風，緊身爆乳粉紅色皮衣包覆圓潤的身材，往下看去……皮褲短得隱約瞧見小巧豐盈屁股蛋，腳踩九公分正紅色高跟鞋的女孩，化著亮眼的妝，笑得好像可以甜出蜜來。但右邊看去不太開心，二個身高接近一九〇的彪形大漢，冷冷的看四個男生。

「進來！一個人三百蛤！」其中一個大漢開口就說。

「是！」四個男生畢恭畢敬，手裡緊握三百塊，慢慢的往香氣傳來的地方移動。

在櫃台等著他們的是傳說中威海海專之花陳琳。

「你好，今天一位是三百塊！」有朝氣的甜美口音配上水潤的雙眼，笑的時候眼睛還會彎成彎彎月牙樣，歡迎四個未經世事的青澀男孩。

幾個男生一看到陳琳頭都昏了，在這個保守的年代，到哪都看不到這種美艷的裝扮，即使有，也不可能和他們說上半句話。

大家雙手顫抖輪流著付錢，個個心臟都狂跳不止。第二個男孩付錢時，不小心輕輕碰到了陳琳軟若無骨似的小手，瞬間全身發麻，直接從臉紅到腳指頭。

陳琳見狀，只是輕輕的笑了笑，二顆小小梨窩，更加深了。

「今天打算要先拿幾包煙？」陳琳收完了錢，便推銷一下自家產品。

「呃……四包。」說話的男生又再拿出了四百放在櫃台上。

「好的。」陳琳從後面的冰櫃一個彎腰拿出四瓶開好的冰涼啤酒和四包進口煙。

幾個男生更是目瞪口呆，看著女神彎腰，那映入眼前的綺麗風光，OH MY GOD!!這誰受得了！

「另外我們有提供最新一期的《花花公子》，走的時候不要忘記帶一本噢！」陳琳可愛的左右扭動搖搖手上的黃色書刊。付完錢的四個男學生還傻傻的待在原地動也不動。二個大漢走過來推了他們一把才回神十分不捨慢慢往內走去……。

在樓下，等著他們的是轟炸頭腦的電子音樂，聲音大到心臟會跟節奏跳動。在舞池中每個女孩隨音樂輕撫自己曼妙曲線，和女孩周圍隨著音樂擺動的男性身軀一個又一個的緊密貼在一起。

這裡到底是哪裡？

舞會。

「看你們一臉傻樣，第一次來吧？」一個穿著稍微收了一點腰身的白色襯衫，搭配名牌牛仔褲的帥氣男孩問他們。

「嗯！」四個男孩異口同聲的回答。

「哎，我來引領你們進入這個迷幻世界吧！」這個男孩翹起嘴角笑了笑。

他的笑，帶著一種奇怪的感覺，好像會誘惑人？可是現在這個紙醉金迷的環境，哪管得了這麼多！大家都急著想要更了解，以便即時展開行動，美妙的夜晚時光總是流逝的特別快。

「嗯！謝謝你了！」剛才不小心碰到陳琳滑滑軟軟小手的男孩回答，期待能得到更多陳琳資訊。

「你們都進得來，代表你們都知道通關密語，就是……」帥氣男孩問。

「我最愛海咪咪！」其中一個男孩大聲的回答。周圍不遠的人都紛紛轉過頭用奇怪的眼神看著他們五個人。

「對對對，這裡不是門口不要喊這麼大聲，大家都在看了啦……」大伙尷尬了一下。帥氣男孩接著說「所以你們都清楚這是一場威海海專舉辦的私家舞會，除了可以貼妹、收集各種新奇的東西，像今天是最新一期《花花公子》，那可是台灣其它地方找不到的東西，還限量五十二本呢！而威海海專舞會有名當然除了門口收錢那小騷婆不定期現身，我先說，你們今天很幸運遇到她，她可不是常常出現的，你們現在看到的，大概有二分之一的男生是為了見她一面而來吧！」說到這裡帥氣男孩搖搖頭，但臉上的笑意沒逝去。喝了口啤酒接著說。「再來呢！就是為了其它名花，通常一次舞會裡，會邀請不同校的校花來炒氣氛，最後呢！女生也得有點目標嘛！為了我嘍！」的確！走過去的人都會對他多看二眼，除了高大挺拔的身材、帥氣的臉蛋，狂野的氣息，尤其那雙眼睛，就算是盯著男生看，都會讓男生有點害羞，令人過目不忘。

「所以你是……？」

「搞了半天我沒說我是誰啊？哈哈！我是龐又德，叫我龐德就可以了！」

龐德介紹完了，看了走過前面的女孩一眼，連ＢＹＥ都沒說就跟著她走了。留下四個聽完解說，但一點實戰經驗都沒有男生呆呆喝著啤酒。

其實這就是龐德的任務，帶領一些初來乍到不懂得該怎麼玩的男生，幫他們指點迷津。

通常投資的風險越高，獲利的程度越是可觀，辦舞會在這個年代可是會被警察伯伯抓。但是通常違法的東西，最暴利。所以有機會，大家就會舉辦舞會來削金，舞會的重點就是馬子、馬子、還是馬子；超正的馬子可以把舞會炒熱到最高點，如何吸引超正的馬子又是一門學問，但是超正的馬子周圍的醜妞如何去除，那又是更高深的一門學問了，一般削金的辦法就在裡面販賣煙、酒賺錢，辦得最出名的無非就是「中國威海海事專科學校」與「凱南高工」。但是中國威海海事專科學校辦的舞會人氣呼聲又比凱南高工更高，為什麼呢？因為威海海專是專科學校，一讀就是五年，畢業之後出去跑船的學長、姐們和學弟、妹的感情比一般的三年制深，回臺灣時當然會帶些「外來貨」回來給學弟、妹們在舞會裡販賣，再把淨利各分。所以威海海專也是所有學校裡面，最有錢的。

「你幹嗎跟著我啊？」剛從龐德面前走過的女孩轉過頭直直看著他。身高不高的她，穿著簡單的白色T恤加件牛仔短褲穿個布鞋，卻難掩俏皮可愛的鬼靈精氣息。

「看看有什麼好玩的事啊，平常妳都不出現的，今天居然跑來了！稀客啊！」龐德眼帶戲謔問著這個女孩。

「你少無聊，陳琳今天有來啊！我不來看看可以嗎？」女孩卻偷偷賊笑了起來。

龐德沒接她的話，只是四處看看場子裡，發現了大約十來個男生，手上拿著啤酒嘴裡叼著煙，眼神卻都不在妹身上，擺明了醉翁之意不在酒，太奇怪了！

「張思琦，妳怎麼知道的？」龐德發現了！

「哈哈！你知道啦？少連說的！他說最近有些人伏在暗處蠢蠢欲動嘍。」

張思琦默默的開始拉筋做打架專用暖身操。

「妳噢！妳噢！」龐德語氣裡帶著一絲溺愛。說完就往外走去，叫來了幾個人，低語著。

當天，果然是有人來鬧事，而事先就接到線報的龐德，找來十三個人佈局。把那十幾個心不在焉的人挖出來，在門口請他們吃了一頓輕巧的拳餐。而張思琦也下場，享受打架的樂趣。她靈活的身手，穿梭在其中，最令人吃驚的一招是左腳反勾一人脖子，瞬間身體迴轉騰空，剎那間那人都還不知道發生什麼事就吃痛倒在地上。龐德跟陳琳則在旁邊拍手叫好，張思琦回報大大的微笑，這招可是她新練出來的呢！

解決了這場鬧劇的一群人，嘻嘻哈哈走進回舞會，看見一個人影坐在吧台。

「哇！劉曜華！」張思琦馬上開心的跑了過去，拍拍他的肩膀。轉過身來的男孩有著濃眉大眼，身上散發一股像陽光般暖洋洋的氣味，笑起來牙齒帶著一點參差，但絲毫不影響整體帥氣度。

「張思琪！妳今天開心了吧！」

「你都沒看到，我剛才新招成功了耶！」她一臉得意的和他炫耀，不知道為什麼，張思琪總是喜歡劉曜華笑起來的表情，老是喜歡賴著他鬥嘴，繞著和他撒嬌。

「是嗎？龐德那個人還好吧？」劉曜華視線繞過張思琪看著龐又德。

「嘿嘿」，龐又德笑得乾乾的，看來那個人的確是倒楣到家。

陳琳繞到酒吧後面，隨手拿了幾瓶啤酒，分給了大家。

一群人在吵鬧的舞會喝啊喝，都有了幾分醉意。

「哈哈哈！游國洋又喝醉了啦！」張思琪笑到差點掉下椅子，陳琳在一邊扶著她。

眾人看著整個橫倒在沙發上的游國洋，活像條死蟲。

「陳琳妳跟思琪先回家好了，我們扛國洋。」劉曜華看著不勝酒力又愛喝的張思琪走路搖搖晃晃。

「思琪，走嘍！我們回家了。」陳琳點點頭，哄張思琪回家。

「陳琳真的好溫柔噢！」游國洋突然跳起來開口大叫，轉身整個撲向龐又德的身上。

「我警告你不要再靠過來了噢！」龐又德厭惡的推著游國洋的頭。

「嗯~~~」游國洋還是不死心的一直往龐又德懷裡鑽。

「幹！你又不是女生，你幹嘛啦！手不要一直過來！」龐又德被游國洋逼得節節敗退。

「蛤？你不喜歡我噢！」游國洋醉得亂七八糟。

「你媽才喜歡你。」龐又德乾脆站起來退到一邊去。

「走啦，我們帶你回家了啦！」劉曜華拉著游國洋。

「我不要！我要陳琳帶我回家！」說完又繼續倒回去當他的死豬肉。

「好啦，那陳琳跟我帶你回去。」龐又德拉著游國洋，只想快點解決這麻煩的傢伙。

「那誰帶思琦回家？」陳琳擔心的看著張思琦。

張思琦乘大家不注意時又偷乾了一罐啤酒，痴痴的呵呵笑。劉曜華無奈一把背起張思琦往門口走。

「陳琳，走吧！」

陳琳輕輕的一起扶著游國洋。

龐又德和陳琳一左一右架個喝醉的游國洋在門口和劉曜華分道揚鑣。如果當時有人回頭，會發現龐又德偷望著他們二人離去的背影。

二人扛著游國洋才走了五分鐘就開始頻頻喘氣。

「幹，他平常都是吃什麼啊？」

連一個大男生都搬到罵髒話了，陳琳更是吃力的連話都說不出來。

偏偏游國洋像還有意識一樣，一直往陳琳的方向倒去。

「我拉不住了！」陳琳話都還沒說完，手一軟就鬆開。

龐又德一時稱不住全死豬的重量也放手。

砰！

游國洋就這樣面朝地板倒在地上，還是像死豬一動也不動。

「糟糕……」陳琳馬上蹲下去看看他有沒有受傷。

「算了啦，讓他躺一下好了。」龐又德默默的走到一邊去抽煙，陳琳「哦」的一聲也跟著走過去，靠在機車上休息一下。

「陳琳，妳知道這傢伙的心意吧？」

「嗯啊。」陳琳點點頭。

「妳不喜歡他吧？」其實大家都知道游國洋對陳琳的一片痴心，無奈的是愛情不是你愛我，我就會愛你。

「其實我有男朋友了耶。」陳琳一臉歉意。

「哇！怎麼沒有人知道？」龐又德大吃一驚，大家混在一起那麼久，居然沒有人發現。

「他跑船去了。」陳琳的臉看起來苦苦的，好像想要說什麼卻又沒有接下去。

「妳臉色怎麼怪怪的啊？」龐又德看著陳琳為何欲言又止。

突然傳來一股喃喃自語，含糊不清的說話聲。

二人同時轉向原本死豬肉橫躺的位置。

空無一物。

「人咧!?」龐又德緊張了一下。

約在前方約五公尺的位置，死豬肉默默自己匍匐移位中。

陳琳慌忙跑過去，龐又德也跟在後面。

走近一聽才發現游國洋喃喃自語著「我……要……回……家……」

「幹！不要亂爬啦！」他媽的……老子費那麼大力氣在搬你回家還給我亂。」龐又德踢二腳躺在地上的游國洋。

「游國洋不要爬了啦……」陳琳也苦口婆心跟著勸告。

他還是不斷緩慢往前爬行。

二人站在原地看著他一直往前。

「他能爬多久？」龐又德突然開口。

「不知道耶……」

最後陳琳和龐又德默默跟在匍匐前進的游國洋後面，居然一路跟了到他家。

另一邊，劉曜華背著醉醺醺的張思琦回家。

「No i won't be afraid, no i won't be afraid, Just as long as you stand, stand by me」

在劉曜華背上的張思琦輕輕唱著一首西洋老歌。永遠精神飽滿的她，唱起老式情歌居然帶著一點淡淡的哀傷。

「張思琦妳英文不是很爛嗎？」他逗趣的問她。

「我爸常常一個人坐在家裡聽，聽久我就會了。」她嘟嘴驕傲的說。

「那妳英文還不到無可救藥的地步嘛！」

「你很可惡耶！」她手握拳頭敲了他的背。

「但是我知道，聽到這首歌時，是我爸在想我媽……」夜晚的微風稍著涼意陣陣吹來，張思琦在劉曜華的背上感覺到好安穩，醉意催促她的眼皮，開始不爭氣的上上下下。

「是噢……」所以妳唱起來才有種無法言語苦澀的味道嗎？這一刻，他好想保護她。

順路過幾個街口，前方出現一棟日式建築的樓房。

「思琦，妳家到嘍！」劉曜華輕聲的對著背上的她說。

張思琦只是咕噥幾句，皺皺眉頭，卻沒睜開眼。

門口站著一個男人，微怒的看著他們二個。

「為什麼她會喝成這樣？」

「呃……」來這麼多次，都沒有被抓到，這次怎麼會這麼倒楣。劉曜華雖然不知道眼前的人是誰，但是大概猜得出來，他就是張思琦的哥哥，張瑋。

張瑋擔心的看著張思琦。「人都還沒有進家門，就先聞到這麼濃的酒味，在搞什麼？」

「放她下來」張瑋臭著一張臉說。

劉曜華小心的把張思琦放在地上，讓她的身體倚靠著牆。

張瑋轉身走了進去，看起來完全沒有要叫醒張思琦的意思。

「等等。」怎麼可以這樣就把她一個人丟在門口呢？

劉曜華正想開口叫回張瑋，就看見他拿一個水桶走出來。

不會吧……

啪！冷水倒了張思琦一身。

「搞什麼？」原本好眠的張思琦受到驚嚇從地上跳了起來。

張瑋依舊是冷眼的看著她。

張思琦瞪著張瑋，二人視線在空中交會，好像有電流交會，啪滋響個不停。而站在一邊的劉曜華尷尬的要命。

「劉曜華你先回去。」張思琦完全沒有轉過來看他一眼。

劉曜華知道，這個時候不應該打擾，原本正想轉身就走。

「爸！思琦喝醉被一個男生背回來。」張瑋轉頭就往家裡喊。

「死定了！」張思琦沒想到哥哥會出這一招，要是被老爸知道，她一定沒有好下場。

「劉曜華你快走！」張思琦情急之下推了劉曜華一把，還是決定先把他趕走再說。

這時從門裡傳出一陣低沉的聲音。

「老爺請他們都進來。」管家畢恭畢敬的在站門口傳達主人的意思。

「你聽到了。」張瑋得意的揚起嘴角，轉身就走進家裡。

「怎麼辦？」劉曜華問張思琦。

「進去啊……你可別被嚇倒啊！什麼都不要說就對了。」張思琦一臉大難臨頭的樣子，連劉曜華也被搞得好緊張。

二人進去了房子之後，才發現這棟房子裡面和外面完全一樣，充滿詩意的古色古香，好像穿梭時光，回到日本還在統治台灣的年代，就算走兩步在房子後面看到個神社都不奇怪。長長的一條走廊，又直又像不見底，全以木頭構造為主。

「張思琦妳家好漂亮噢！」劉曜華雖然自己出身不低，但是風格完全一致的房子，在台灣還真的是第一次見到。

「你現在還有心思想那個啊？」張思琦斜眼瞄了一下劉曜華，看他還是副無關緊要的樣子覺得很無奈。

二人走到左邊第三間停了下來，張思琦在門口深呼吸，試著先壓住擔憂的情緒與還未退去的酒氣，旁邊的劉曜華卻還在欣賞周遭的假山假水，讚嘆不已。

「進來。」門內穿來內斂的男聲。

「是。」總是一副天塌下來也能船到橋頭自然直的張思琦難得有正經的一面。

門打開，映入眼簾的是一副偌大的字畫，強而有力的書法字，展現了書寫者的氣魄與沉穩的內功。

「一個女孩子……在外面喝酒喝到三更半夜。」坐在榻榻米上的張爸爸，有一種不怒而威的壓迫感。

「對不起。」原本被酒意渲染成紅通通的臉蛋，現在只剩下緊張與不安。

張思琦看看自己的手心，上面早就冒上許多小水珠，透露著她有多麼慌張。

張爸爸並沒有回話，還是盯著紙上看，室內一片鴉雀無聲。

「咳。」劉曜華覺得這樣下去不是辦法，假咳了一聲，提醒他們這裡還有一個外人。

張爸爸抬頭看了看二人便開口，「你是？」

「叔叔好，我是劉曜華，是思琦的同學。」

「和同學在外面喝酒喝到三更半夜……」這句話，並不是一句問句，而是一個肯定句；像個結論。

「呃……叔叔很抱歉，不會再有下一次了。」

「思琦你先出去，我要和劉同學好好聊一下。」這句，自然也是一道指令，像是聖旨，不容反駁。

「是。」張思琦雖然擔心的要命，卻還是只能留他一個人和爸爸相處。

張思琦默默退了出門外，闔上門的那一刻，全身無力跌坐在地上。

從小爸爸給她的印象就是那麼的嚴謹，永遠不苟言笑，只有交待沒有疑問。

母親呢？

這在張家更是一個不能說出來的字眼，就像《哈利波特》裡的佛地魔一樣。

室內。

「請坐。」張爸爸開口

「是。」劉曜華的教養從小就很好，面對長輩更是有一套。

「為什麼思琦會與你這麼晚回家呢？」

「因為……我們去慶祝思琦這次小考有如神助般的進步。」劉曜華實在想不出來能拿什麼當藉口只好先拿成績來湊著用。

「是嗎？」張爸爸還是一臉嚴肅，只是頭抬了起來，從上到下打量了劉曜華。

被看得混身不自在的劉曜華也不能說什麼，畢竟他是一個晚輩，對待長輩是不得無禮。

「是的。」

「那我這學期有機會看到思琦進步到前三名嗎？」張爸爸嘴角冒出笑意。

「呃……」靠！這不是比拍《不可能的任務》還難嗎！劉曜華暗自叫苦，但是人在弦上，不得不發啊！

「有疑問嗎？」張爸爸把難得的笑意收了回去，又回到一本正經的臉色。

「前十可以嗎？」劉曜華真的沒把握……不，不是沒把握，是一定不可能辦得到的啊……

「不可以。」張爸爸明明聽得出來劉曜華語氣是那麼的為難，近乎是懇求了，卻還是不願讓步。

「是。」天啊……劉曜華只能無奈的在心裡大喊。

「這時候叫天也沒用了。」張爸爸說。

劉曜華嚇了一大跳。

他怎麼知道我在喊天啊！

「你不用知道，再見。」

劉曜華又是一驚，不過能走當然是先跑再說。

「是。」劉曜華站起來，慢慢的退出門外。

「嗯，我會期待著我們的約定。」

「叔叔再見。」

把門闔上後，劉曜華邊朝門口方向走，腦子裡邊不斷翻滾，為什麼？為什麼？為什麼？張爸爸怎麼可能全都知道自己心裡在想什麼？

「你跟我爸說了什麼？」張思琦突然從門旁邊一臉緊張的跑出來問。

「我說你考試進步大家去慶祝。」

「……那我爸說了什麼？」這種話爸爸會相信嗎？張思琦自己都很懷疑

「呃，下次考前三名。」劉曜華面有難色的說。

「蛤！」這下，吃驚的人換成張思琦了。

＊　＊　＊

喧鬧的教室裡，有一群人安靜的坐在角落，氣氛看起來，似乎有點不妙。

「少連，哪邊的人？」龐又德首先開口，笑著問歷少連，雖然在笑，但是隱隱約約帶著一股殺氣。笑，是龐又德最標準的武器。

「凱南高工」歷少連簡潔有力的四個字，直接道出威海海專最大的敵人。

「明明就知道是我們主辦，還敢來三番二次來鬧事。凱南高工的人居然可以準確的猜到位置與時間？太奇怪了。」

威海海專名言：「拳打東、南、西、北，腳踢二開、二強。」這句話的來源早已不可考，如果真就考究，大概要從八〇年代起，江湖上流傳著一本「台灣北區高中鬥爭威海海專不正經野史」上記載，羊奶營養豐富，不對，東、南、西、北意思是東東、凱南、湖西、北泰這四大名校；二開二強指的是平開、日月開與強南、強如。一共八大名校；但是威海海專誰也敢招惹，哪個也不放在眼裡。

「又是他們？他們最近是怎麼一回事啊？」接著開口的是游國洋，歪著頭表情充滿著困惑。

「問思琦嘍！」鄧豪轉過頭去看著張思琦。

「幹嗎問我啊？又關我什麼事了？」思琦白了一眼鄧豪。

「不問妳問誰，妳哥不就是凱南號稱鬼腦軍師張瑋嗎？」鄧豪挑了一眼，看著思琦。

張瑋，是思琦的哥哥，他們二個出生在一個不凡的家庭。

「可是他要幹嘛跟我都沒關係啊，我們連在家都不會講一句話。」可惡的鄧豪，老是愛找我的麻煩！這時候提那個人幹嗎……

碰!!桌子被鄧豪拍了一下，原本吵鬧的教室，瞬間安靜了下來。

「放屁！妳多少一定知道一點什麼！快、快、快、快、快說出來!!」

「我就說我都不知道你想怎樣啊？」思琦整個人跳起來，眼看二人一觸即發。話題碰到有關自己同父卻不同母的哥哥，火氣全都冒上來。

「你們知道嗎？」龐又德一句話，讓二人互看一眼，各自坐了下來，一句話都不說。

「？」二人同時轉頭過去看著龐德。

「其實打架有分成二種。」龐又德看著鄧豪接著說下去……「一種用肉搏，就像畜牲在打架時，通常都會咬得對方全身是傷，會致對方於死地，往死裡的咬，咬到見血；咬到見骨！但是，另一種方法是用什麼打呢？」龐又德轉過頭去看著最傻的游國洋。

「手？腳？不然還可以用什麼？」游國洋果然傻傻的發問。

「游國洋你真的很呆。另一種用腦子。打的是心理戰。」龐又德這次居然簡潔的說完，走去後陽台，點了一根煙，看著煙霧沒有一定路線的裊裊上升，心中慢慢開始盤算著該怎麼反擊。

二

噹、噹、噹、噹、噹、噹、噹、噹。

下課鈴聲響起，所有威海海專的學生一窩蜂的放了出來。教室裡，大家都急急忙忙的收著書包，這麼快樂的氣氛，只會出現在星期六，因為明天放假啦！但是有一個女孩，拖著沉重的腳步走向一個男孩，要開口，說出她的請求。

「哇嗚～劉曜華恭喜你，這次小考又考全班第一了。」張思琦甜甜的笑著，歡樂的口氣就只差沒拿著彩炮拉一樣。

劉曜華冷冷瞄了張思琦一眼，低頭繼續收他的書包。

「黃鼠狼妳有何指教？」

「幹嘛這樣說我啊？嗚嗚～～人家好冤喔。」張思琦瞬間換了一張苦臉，苦得猶如和愛情長跑七年的男友突然分手，原因是因為男友其實是同志，但是又發現自己肚子裡有小孩後男友又不認帳同樣悲慘。

如果四川變臉要找傳人，張思琦大概是第一人選了。

絕對有！問！題！

「從來沒來沒說過人話的張思琦，突然說了人聽的話……要不是壞話做多遇到鬼，就是不安好心眼嘍。看得我都起雞皮疙瘩了。」難得把張思琦姿態放這麼低，不整整妳怎麼可以，太對不起我自己了。劉曜華泰然自若的回答。

「我是真的好心好嗎？」想起那天劉曜華為了幫她喝酒找藉口，而被迫和爸爸訂下的約定，也只能忍了。

「第一名我都考到見怪不怪了，妳還有什麼指教？」

在一屆就可以招收到千人以上的威海海專裡，劉曜華實在是功課好到誇張。

「泥馬的」臭屁鬼……這種冷言冷語，逼得超不習慣好言好語的張思琦快到極限，一張臉笑得快比哭難看，要不是有求於人不可能只說三個字，五字訣是基本台。

「她最近還不錯，講重點。」

「……拜託罩我期末考。」張思琦越說超小聲……還是快點把重點說一說，再這樣下去，不知道要拖到什麼時候。

「啊!!」劉曜華大叫一聲！

「幹嗎？」嚇死我了啦！張思琪拍拍自己的胸部壓壓驚。

「今天要出最新一集的《死神》了！」該死！這麼重要的事我怎麼會忘記！

「劉。曜。華，你今天還想不想走出學校買漫畫？」耐性正式達到臨界點。

「哈！所以這次期中妳也第一嗎？」

在江湖上張思琪打架的功力是女生裡無人能敵，連大部份的男生都被她的專業的擒技技術打的一塌糊塗臉歪歪。學業上當然也是當仁不讓的史上第一，第一爛。

「靠北，對啦……還不是你跟我爸的約定，再不行我就完蛋了啦！求求你～」要不然你以為我堂堂賊婆帶頭會來求你，作夢吧！皮笑肉不笑的張思琪還是笑得如花一般的……好吧，是苦瓜。

「好啦！你都誠心誠意來懇求我，我就大發慈悲的幫幫你吧。」

「謝你噢！」張思琪心不甘情不願的回答，順便送了他一雙白眼。

「不客氣，沒事了吧？拜！」

「滾吧你！」達到目的後，張思琪決定不再HOLD住自己的火氣，口出惡言。嘖！搞得我一肚子火，找游國洋練練新招好了……

劉曜華放學後一個人走在重慶南路上，手上正翻著最新一集的《死神》，看得津津有味。

迎面走來三個穿著凱南高工制服的學生。

「……怎麼會遇到他們？」劉曜華在心中默默祈禱他們沒有看到他，輕輕走過去就好……

迎面而來三個凱南學生裡最愛惹事生非的是黃宇浩、許子與跟廖瑞恩。

劉曜華往右邊靠，心裡只想著要繞過他們，而非正面相交。但是對方三個人是故意要找麻煩，怎麼會就這樣放過這大好機會呢？在四人將要錯身而過的同時，站在最右邊的許子與往劉曜華身上撞了一下。

「好久不見，劉曜華。」黃宇浩逼近劉曜華，看著他笑了一下，原本就有點桃花眼的黃宇浩這樣一笑，讓人覺得心機更加深沉。

「Hi，好久不見。」搞什麼啊這麼倒楣……

「我們要在這裡敘敘舊嗎？」黃宇浩問。

「不，我要回家了。」劉曜華回答，一邁步就要往後面走。

「我看……好運今天似乎沒有跟著你出門噢！」黃宇浩使了個眼色，笑得又更加深沉。

「呃，黃宇浩，你笑得我雞皮疙瘩都立起來了，不要這樣笑好不好，大家會誤會的……」哇塞，下課時才遇到一隻黃鼠狼，現在要回家了居然又遇到……搞什麼！

「很好，你還有心情在那耍嘴皮，我看你……等等，你手上那本是最新一集的《死神》嗎？」

「呃，對啊！怎樣？」劉曜華感到一陣莫名奇妙，剛才不是還想要來找麻煩的嗎？怎麼突然說起漫畫來了？

三人開始竊竊私語了起來。

「……老大，最新一集不是還有一個月才有台版嗎？」

「對啊……」黃宇浩也百思不得其解。

「要打他什麼時候都可以打，不如……我們先搶過來看好了？」

「嗯。」經過一番討論，三審定讞後，三人決定先搶到漫畫再說。

「你們是討論好了沒啦？」靠腰，討論我的漫畫討論的很爽，是有沒有要讓我走啦……煩耶！家裡還有海賊王跟火影要follow耶！

「咳，吵什麼啦？你手上那本是怎麼來的？」黃宇浩指指劉曜華手上的《死神》。

「我家書局拿的啊！」

「蛤？你家開書局的？」三人吃驚，怎麼會有這麼好運的人！漫畫看到飽可不是開玩笑，平常要買都很難耶！

「對啊，到底要幹嗎啦？」劉曜華越來越不耐煩了。

「拿來！我們可以今天可以放你一條生路。」黃宇浩故作大氣的說。一本漫畫就可以放我生路？搞什麼啊？意思是本大爺的命不值錢嗎？看來上次吩咐下來的那件事，是找到機會了。

「不給吶。」劉曜華笑笑，口氣頑皮，一下之間，原本佔主場的凱南高工整個被反了過來。

「什麼!?你找死啊？」黃宇浩家裡並不有錢，從小漫畫都是跟別人搶來看，導致長大以後什麼想要的東西都用搶的。

「嘿嘿嘿……想不想以後都可以漫畫看到飽？」劉曜華聰明的以利誘敵。

在這個年代，連漫畫都可以稱之為奢侈品，多麼不容易才有辦法拿到一本，更何況是最新的《死神》？然後還加碼可以漫畫看到爽？這天上都掉不下來的條件，這三個人怎麼可能拒絕。

三人聽到看到飽，表情木若呆雞，傻傻的吞了口水，咕嚕一聲，點點頭。

「那我們來猜拳，猜輸了就去報警，還要假裝受傷。」劉曜華開出條件。

「為什麼？」三個人都還是一頭霧水，搞不清楚這樣劉曜華可以得到什麼。

「不管，猜就對了。」這下好玩了……不管是誰去報了警，學校一定都不得不出面。看來……

「剪刀、石頭、布！」

「布」

「布」

「布」

「剪刀」劉曜華果然是聰明人，第一招就看破三個傻蛋。

「耶屎！」嘿嘿，果然不出我所料，根據我的觀察，百分之九十九點九九九的笨蛋都會在第一招出嘴上說的最後一個字「布」。

「啊！怎麼會這樣啦……」三個人眉頭都皺在一起，你看我，我看你不知如何是好。

「乖，去城中分局報案吧！」劉曜華安慰語氣道。

「為什麼還要去那間啊？」

「我家書局在隔壁，我可以拿漫畫給你們啊～」很好很好，笨羊都乖乖上勾了。

「噢……」三個傻蛋就這樣，默默的走向城中分局……還是不知道自己是怎麼中計。

就這樣，當天晚上，三人向城中分局報案，說的口沫橫飛，再加上劉曜華叫他們互相毆打對方幾拳，以便警察相信他們的報案。

＊　＊　＊

「為什麼那三個人會被你打成這樣？」張思琦一臉不相信的看著劉曜華。

「我怎麼知道，又不是我動的手。」二手一攤，以示清白。忽然看見歷少連站在教室旁，一臉等看好戲的樣子。

「但他們都去警局裡說是你！」張思琦嘴嘟到快可以吊豬肉了。

「大人，我是被冤枉的啊！」這消息怎麼會這麼快就被張思琦知道？歷少連這傢伙，消息來源越來越廣大了。劉曜華站起身，在原地狂轉圈圈。

「不可能！你快說老實話噢！」張思琦急的都快跳起來。

「GOD！我真的什麼都不知道啦！」

「專五甲劉曜華，馬上到教務處！」學校廣播教官的聲音，帶著一股怒意傳來。

「靠！太誇張，怎麼連鐵頭都找上來？」張思琦母獅子般的吼著……劉曜華嘻嘻哈哈笑，終於可以逃嘍！走廊盡頭，劉曜華都走遠了，還聽得到張思琦的聲音「劉曜華，你回來就死定了!!」

放不下心的張思琦還是決定跟著去看看到底是怎麼一回事。

教務處裡，一個男人背對著門口，練得一身虎背熊腰，英挺的站姿，威風凜凜，這人就是威海海專教官鐵頭。站在門外的劉曜華有禮貌的先敲敲了根本沒有關上的門。尾隨在後的陳思琦慢慢靠近，千萬不能被發現。

「鐵頭，我來了！」

「劉曜華，你是幹了什麼好事？」雄壯的背影轉過來一張嚴肅的臉，一開口卻帶著微微的女性氣息。

偷偷躲在外面的張思琦，身體縮在窗框下面，拉長耳朵，試著聽看看裡面到底在說什麼……奇怪，怎麼什麼都聽不到，劉曜華是幹嘛了啦～急死我了。

「都照著計劃進行嘍！現在……」

「討厭！你給人家滾進去辦公室裡！」鐵頭提高聲音，甚至嗓子帶著些許尖銳，把劉曜華原本說的話都蓋掉了。二人互看一眼後，先後走進了更小的那間獨立辦公室。

原本獨立辦公室的作用，只要在威海海專裡，到處惹事的學生都沒逃過那那間小辦公室，大家統稱為「地獄」，裡面盡是一些五花八門「教育」學生的器具。當然張思琦是再了解也不過了。

姐姐她本人就進去過不下數十次，而女生當然都會有比較好的待遇，只是木板打打屁股就了事；男生進去再出來，三天沒辦法站，一個禮拜不可能坐。

怎麼辦、怎麼辦！劉曜華真的被叫進去了，我看事情真的很不妙了啦……偷偷探出一雙眼來看到就是劉曜華走進去小辦公室。

張思琦在外面來來回回踱步，實在是想不出有什麼好方法來。可是又不能再往裡面走……

過了許久，上課鐘都響了，還是不見劉曜華出來。

張思琦只好快快跑回教室，乖乖坐在裡面等待鐵頭放人。

整天課上下來，張思琦來來回回跑了好幾次，就是不見門被打開，也不見劉曜華與鐵頭的蹤影。急得像熱鍋上的螞蟻，卻只能被熱鍋吞噬而無法反抗。

一直到放學時間，張思琦都沒有再看到劉曜華……

隔天，公佈欄上貼了一張公告，

「本校學生專三甲劉曜華，因嚴重違反校規，在校外滋事多次，屢勸不聽，依本校學則規定予以勒令轉學。」

「怎麼會這樣……」張思琦內心一陣翻騰，無法思考，呆呆的站在原地，重覆看了公告好幾次。

自那天起，思琦都沒有在學校裡再看見劉曜華一次。

走廊上一女三男，大家偷偷站在旁邊，但是眼睛都盯著默默趴在陽台上發呆的張思琦，陽光散落一地，不過誰的心情也好不起來。

「龐德，怎麼辦，思琦整個提不起精神來耶。」

「游國洋你怎麼老是傻傻的啊！找架給她打不就得了。」

「她打了三天了……沒停過手。第一打北泰女生，原因在中華路上不小心被思琦看到她們在欺負一隻小狗，後果三個女生哭著跑回家；第二打東東女生，原因是她們之前就結下樑子，對方很倒楣的這時候上門要討，五個女生倒了三個，另外二個偷跑掉，第三打凱南高工……我不用再說下去了吧？」歷少連默默的接著回答，不虧為有威海海專資料庫之稱的歷少連，什麼事都逃不了他的情報網。

「蛤?!一般的女生怎麼受得了她這樣荼毒。」這一聽連龐又德都傻眼，連打了三天，原本就功力高強的張思琦，再加上心情不好的火氣……

所有人心中想的可能都是同一件事……劉曜華那樣都上報了，張思琦怎麼沒上報紙啊？

「陳琳！你是思琦最好的朋友，妳去。」游國洋再傻也不可能這時候過去玩火，但是還是要基於朋友立場，安慰一下張思琦，所以只好派代表。她再這樣打下去……又要被留校了，哎！

陳琳看看龐又德，龐又德也對她點點了頭，陳琳只好硬著頭皮也要靠過去安慰一下張思琦。

「思琦……」

「幹嘛？」張思琦懶洋洋的頭都沒抬一下。

「別再心情不好了啦！」陳琳雖然有點緊張，但是身為思琦的好朋友，當然要努力TRY一下，讓她別再這樣下去。

「噢。」煩死了啦……

「之前不是說好要幫妳補數學嗎？再這樣下去會被留級的，走啦！」雖然讀書不是最好的話題，但總是要找點事讓張思琦做，分散她的注意力。

「原本不是這樣的……計劃趕不上變化啊！計劃？計劃!!」笨吶！我怎麼沒想到，他們那天我聽到劉曜華說計劃嘛!!對對對對對，什麼計劃的？

張思琦又叫又跳的嚇得陳琳站在原地動也不敢動。旁邊一群人也看得目瞪口呆，剛才不是還在發呆的張思琦，怎麼一下就變得生龍活虎啦？陳琳真是好本事……

「歷少連!!」

「有！」歷少連嚇一跳差點連手都舉起來。

「最新消息有什麼？」什麼都不知道的情況下，直接問消息最靈通的就準沒錯啦！

「呃……」最新的消息還不就是大家都怕思琦傷心而不敢提到的那個人身上轉嗎？

「快說快說啦！」急死我了！

「咳，我說啦，妳也先冷靜點好嗎？」歷少連真的很納悶這小妮子聽完消息後，自己是不是還能雙手雙腳健全的來上課，默默往後退了一步。

「嗯。」

張思琦兩眼張的大大的，就在等待歷少連說出知道的消息。

「最近轟動的消息有二個，而這二個都是已經被證實的了。」說到消息，歷少連雖然怕被波及，但還是很專業滴。

「二則都與同一個人相關，可是都有很奇怪的地方……第一個是劉曜華上報了，但我們當天聽到的，跟報紙上寫的，居然全部相反過來。」

「什麼意思？」相反？什麼東西報紙相反？歷少連知道張思琦在情緒激動時，腦子會轉不太過來。所以仔細的解釋了一次。

「就是我們知道凱南高工那三個豬頭與劉曜華動手後去報警，而劉曜華全身都沒有傷？」

「對啊。」然後呢？這不是大家都看到的嗎？

「但是報紙寫的卻是劉曜華被他們三個打，然後到對方家裡滋事，而被勒令轉學。」

「蛤!!怎麼可能啊！我們那天都看到了啊，事情根本就不是這樣，鐵頭一定是哪裡弄錯了，我要去和他說，叫他恢復劉曜華的學籍。」張思琦走都還沒二步就被龐又德拉了回來。

「不用了。妳聽完第二點就會明白。」歷少連吞了一口口水。接著說「劉曜華……轉學過去凱南高工了。」

「太誇張了吧！」怎麼可能轉到那啊？

「我們就是都覺得很扯，也一直想和劉曜華連絡，可是這幾天，到處都找不到他的人。」

說完大家一陣沉默。

「嗯，是時候了！」龐又德一句話，眾人全都望向他。

「龐又德你這樣說是什麼意思？」思琦心中閃過絲絲不安。

「新仇舊帳一起算，我們來把事情鬧得更大一點吧！」這招牌的笑容，大家一看，就知道，是該活動活動筋骨了！

威海海專學校裡一傳十；十傳百，往後看到凱南高工的學生，必打之。

事情就這樣如火如荼的展開，迅速的開始了好幾個階段的還擊。由歷少連動用他所有的情報網，蒐集所有凱南高工的相關資訊，再把情報回傳給龐又德。任務分成二個部份，第一個是舞會搗蛋線，派張思琦帶領的賊婆軍團出擊最為恰當，找人把最愛國、最恐龍、最痴肥、最嚇人的妹往凱南高工的場子丟，凱南高工舞會被搞得名聲直直落，反而把最優、最正、最迷人的全都找到自己的場子裡，包含七大名校校花！一次全都到齊。至於到底是用什麼方法……噓！是個不能說的秘密。

而游國洋因為家裡是做遠洋貿易，只要他家貨櫃裡好玩、新奇的全都帶到舞會場裡，連洋酒、洋菸通通都賣，瞬間把威海海專辦的舞會名氣衝到最高點，快速累積下來的金額也是非常可觀。

接下來是街頭遊擊線，由鄧豪帶著八人一隊，共六小隊人馬，在中華商場分散在各個不同地方，專門突擊凱南高工的學生，不問原因，不問由來，打，打得瀟灑、打得漂亮、打得得意、打得精彩、打得鼻青臉腫、體無完膚、打得遍體鱗傷、頭破血流就是最高指標。

* * *

不過真的是每個學校都會出卒仔。

「我是一隻小小小小鳥～～～卻怎麼飛也飛不高嗷嗷～～」鄧稔在回家的路上，邊快樂的唱著歌邊走。

「你是威海海專的吧？」凶神惡剎二人組，穿著凱南高工校服，看起來最老成那個先開了口。看看他的長相，大概是留了二、三年都還沒打算要畢業吧。

鄧稔心中第一個念頭就是一定打不贏!!慌亂之中忽然想起老師曾說過的一句話能伸能縮的才是真正的大丈夫，所以……

「我……不是。」直接否認就對了！

「你放屁!!外套明明就是這個樣式的，你是怕被打吧？」

「我真的不是啦!!你看這件外套這麼大件，是我哥哥的啦……」鄧稔內心一驚，完了……要是現在被發現我真的是威海海專生，那我不就臉都丟了還是要討頓粗飽？

「……是嗎？」

「是真的，我最討厭就是威海海專了，要不是我媽今天硬要叫我穿出來，我他媽死也不會穿!!」說到激動處，鄧稔還把外套脫了下來，丟到地上大力一踩。

「媽的!!死威海海專，自以為體格好就這樣到處欺負人。還是你要找我哥？我可以帶你去找他啊？」鄧稔說得口沫橫飛，只怕二人不相信。接著用水汪汪的眼神看著二人。那二人被他這麼一看都毛了起來。本來最近被威海海專緊追著打，早受了一肚子的鳥氣，想要發洩在他身上，但！看他這副德行，真的打起來應該也不怎麼過癮。二人最後決定算了，放這個傻鳥一條生路，也省得浪費了自己的體力。

「臭小子，如果不是威海海專的就不要穿著他們的外套到處走蛤!!」二人離開前先放了句狠話。

「呼……逃過一劫，不過名字我倒記下來了，林仲俊、李艮平是吧!!媽的，找我哥打死你們。」鄧稔卒是卒，倒是卒的頂有腦子的。

回到家後。

「哥哥哥哥哥哥哥~~~」鄧稔人都還在門口，聲音倒是先傳進家門。

「幹嗎啦？」鄧豪原本正在倒水喝，被他弟這麼叫一下，水沒喝到先灑掉半杯。

「我今天差點被打耶!!」從小就有一個凶悍的哥哥，導致鄧稔習慣了回家和哥哥告狀，再讓哥哥鄧豪幫他出頭的爛習慣。

事情就這樣被鄧稔加油添醋的說給了鄧豪知道。

鄧豪聽完，臉色一深……

「小白痴，你這件事還有跟誰說？」

「好多人啊，我剛回來遇到學校二、三個朋友都有講，好像還有幾個是專五的吧！」四處打小報告大概就是鄧稔的強項了。

「……我只能說，你完蛋了，這次我也救不了你。」鄧豪搖搖頭，嘆了口氣。

「？」這個疑問，就這樣留在鄧稔的肚子裡。

隔天放學鄧稔就被龐德叫到五年級教室，毒打了一頓，原因是，海盜，沒不戰而逃的……也因為這件事，再卒的人只要想到鄧稔那天的豬頭臉、包子樣，沒有人敢再逃，死也要正面迎戰。

威海海專這麼大的動作當然驚動了凱南高工，而江湖上都在盛傳，凱南高工是翻不了身了。

但，結果真的會只有這麼簡單嗎？

三

「如果生命可以找到自己的出路，那他媽的我的出口到底會在哪？」

一群七個身穿凱南高工校服的學生，對面站的另一個學生，有著一雙鳳眼，纖長的身型，全身散發一股儒雅氣息。這個男人，就是張瑋。在凱南高工，原本勢力成二派，一派是動口動腦不動手的張瑋派，而另一派則專門打架的黃宇浩派。

「小七，放手去做吧！」眼睛細長的男人笑著和對面七個男生說。

他們，沒說話。

但是個個嘴角漾起的笑意，他們知道，未來，會越來越精彩。

＊　＊　＊

五個人一起從基隆坐火車到凱南高工來上課的平凡人，打從開學就認識了彼此。簡單得只想一起乖乖上課，不想管學校之間的紛爭。基隆地形靠海，時常下雨，五個人天天帶著雨具穿著雨衣和雨鞋，每每到了學校，天空卻總是晴朗，所以在芸芸眾生當中，五個雨人顯得很突兀。「死鄉巴佬！」、「又沒下雨穿什麼雨鞋啊？白痴！」「他們好奇怪噢⋯⋯」這些話，他們真的聽了很多，多到都沒有感覺。

學生漸漸走進教室，剛剛升完旗，身上還流個豆子大的汗水，講台上五支雨傘被打開排排放，「滾」、「回」、「基」、「隆」、「去」五個大字用紅色奇異筆寫在上面，另外二支跟準備被炒的香菇一樣去了梗，放在旁邊點綴。雨衣全被割破。五個人站在教室內，心疼的看著他們的雨鞋被丟得亂七八糟，雨衣全被割破。五個人站在教室內，心疼的看著他們的雨具。心裡不捨的是那是父母多辛苦賺了的？討海人家的孩子，用什麼都要很珍惜。

「誰啊？玩太過份了吧？」

「蛤！又不是高利貸討債！太誇張了吧⋯⋯」好心的女同學在一邊說著，邊看著呆站在門口的五個人。

「哈哈哈哈哈哈！」「太好笑了吧！他們的臉。」「幹，我笑到肚子好痛！」一群誇張的笑聲，從教室後方傳來。

笑得最大聲的是地方角頭兒子。凱南高工勢力天秤的另一端，黃宇浩。從剛進學校開始，就常常帶著幾個小混混來取笑他們。

忍耐，永遠都是有極限的。

「賠我。」身高最矮的男生緊盯著黃宇浩看。

「小五，你憑什麼？」黃宇浩看看旁邊的人，側眼看著我。他們一共十二個，為什麼要怕五個。

「憑……」小五伸抓起了寫了「滾」字的雨傘，一把平舉向他。「這個。」

「哈哈哈哈哈哈，你覺得我會嗎？」他還在笑，笑到抱著肚皮。

他的笑臉實在太刺眼了。

「滾」字雨傘下一秒直接出現在他臉前，朝黃宇浩的嘴衝撞下去，小五一把抓住黃宇浩頭髮，往後面櫃子一撞。

碰!! 教室沉默了，安靜的異常。

黃宇浩緩緩從小五面前滑落，咳著吐出二顆牙。臉上笑意不再，小五心裡覺得舒坦多了。

接著，五打十二的混戰開始。

此起彼落的喊打聲、拳來腳往，五個人手上拿的都是可以就地取材的武器，桌子、椅子、講桌、窗台上的玻璃。所有時間就像被定格，帶著怒意窮追猛攻，像吃了瑪莉兄弟的無敵星星，沒有人知道什麼叫做痛。只有一個字打！打得連他老母都不認得！

你知道嗎？他們不是踏浪人；更不是追浪人，他們只是等浪來時把腳站穩，準備迎浪的五個人。

角頭之子，吃了場敗仗。

不過自從那次以後，再也沒有人敢來惹這五個人。

而五個人在凱南高工得到了一個封號「凱南高工五羅剎」。

黃宇浩和張瑋原本勢力相當，但從五羅剎之後，黃宇浩和張瑋合併，明著在台面上是黃宇浩在發號司令，事實上，張瑋才是後面動腦的人。

* * *

當劉曜華轉學過去凱南高工時，驚動全校！所有人對他的來到議論紛紛、眾說紛紜。其中傳得最厲害的流言，有二種。有些人說劉曜華根本就是威海海專轉過來的奸細，是要來挖他們的消息回去通報威海海專。有些人則說，在那件事發生之後，臣服於凱南高工的英勇，所以慕名而來，背棄威海海專。

不管眾人怎麼說，張瑋的一句話，劉曜華便進了凱南高工最軸心。

天空陰陰一片，沒有半點陽光。二個男孩，同樣身穿白色制服卡其長褲，站在凱南高工頂樓上，往下看，滿滿車潮。一個正是凱南高工鬼腦軍師張瑋，另一個就是劉曜華。二人站在一起，不發一語，各懷心思。

* * *

回想一個月前，其實，我看得到張思琦的擔心，離開學校前，我站在遠方看著她來來回回教務處的背影，接著，思緒飄到當年的那一天。

原本只想暫時離開補習班、家裡與保鏢，渡過安靜又悠閒的一天。

在飄著細雨的傍晚，小巷四周安靜的讓人以為真的會是個寧靜的一天。

直到我聽到一個女孩在哭泣。

「嗚……」綁著馬尾的小女孩，蹲在地上，滿身的傷。

「ㄟ!!妳幹嗎哭啊？」只有小學二年級的我，根本不知道該如何處理一個哭泣的小女生，只好站在她面前，開口關心。

「嚇!!」小女孩好像沒有預料到自己會被發現，只好張大眼睛看著面前的小男孩。

「妳……鼻涕都流出來了，好髒噢。」

我嫌惡的表情，讓小女孩臉紅了一下後，馬上惱羞成怒。

「干你屁事噢，滾遠一點，不然我打你噢。」小女孩跳起來，有模有樣的把拳頭舉了起來。

「哇!!幹嗎這麼凶啦？我好心問妳的耶!!」我整個被嚇到往後退了好幾步。

「你也是來看我笑話的吧？」小女孩像洩了氣的皮球，看起來好像又快要哭出來。

「什麼看妳笑話啊？我又不認識妳。」一片好心卻這樣被誤解，我心裡有點不是滋味。

「啊！妳的手!!妳怎麼受傷了啊？還在流血耶！」我驚訝的看著小女孩身上的傷，那根本就不是一個這種年齡的孩子所以可以想像的。尤其是她左手上長達十公分的傷口，鮮紅色的血印看得劉曜華怵目驚心。

「哎……我又打輸了啊。」如果今天沒有打輸就好了……老爹的處罰一次比一次重。小女孩無奈反覆看著自己身上的傷口。

「痛不痛啊妳？」是因為太痛所以一直哭吧？我泛起絲絲心疼。是什麼樣的父親會給小孩這麼奇怪的任務和如此嚴厲的處罰。要不是當時我太小了，還不知道什麼叫「家暴」，一定會幫她打電話給警察。

「這沒有什麼大不了的。」小女孩滿臉的不在乎。稚氣的臉上，是滿滿勇敢的表情。

「怎麼可以打架，有話要好好說啊。」我皺了一下眉頭。

「厚，你怎麼這麼囉唆啊？你是誰啊？」小女孩抬起頭可愛的問我。

「我叫劉曜華，你呢？」

「……」小女孩轉身就跑了。

「ㄟ？」滿頭霧水的劉曜華站在原地，看著小女孩跑走的背影，還差點「犁田」。她太奇怪了吧？是常常打架嗎？一轉身我就看到身後的保鏢。

「少爺，您怎麼會跑到這裡來啊？」看保鏢的樣子，找到我了，心裡暗自的鬆了一口氣吧？

「我喜歡。」從小我就討厭保鏢的存在，總是要找他們的麻煩，再想辦法把他們弄走，雖然一個換過一個，但我就是每個都看不順眼。

直到我遇到了黃齊笙，不過，這又是另一個男子漢之間的故事了。

「呃……我們回家好嗎？」保鏢早已習慣了劉曜華的冷漠。

「嗯。」

劉曜華小小腦袋一直裝著那個明明就在哭，卻又滿臉不在乎的小女孩。

從那天開始，只要劉曜華沒事就會避開保鏢的眼線，偷偷的溜到這裡，期待可以再遇到她，想要知道那個奇怪的女孩到底是誰？但卻從沒真的遇到過。

直到考上威海海專的那一年，在班上遇到了張思琦。

總覺得她很眼熟，可是怎麼也想不起來。

從小對人幾乎過目不忘，怎麼可能會有想不起來的人？有天看見她手上那傷疤時，我知道了，是她，那天夜晚裡的小女孩。

也是一直住在我心裡的那個小女孩。

但她像是個麻煩吸塵器；專吸吵架、鬧事、打架。

到現在，還是努力不停的吸啊吸。

大概也只有我最明白，其實她也不想去管這麼多的麻煩事，但是遇上了張思琦關心的人，多亂的混水她也會毫不猶豫的跳進去。

張思琦是黑道世家的小孩，從小父親在解決江湖事的時候，她就在一邊待著學習，她有一個聰明的哥哥，總是可以巧妙的避開父親的安排。

而她就只能傻傻的越陷越深。

「仗義執言」是張思琦從小到大知道最不變的道理。

這個傻妞不知道過得怎麼樣了，最近二間學校都這麼熱鬧，應該玩得很開心吧她……

這個女孩的哥哥，就站在我旁邊，是將來會與我並肩作戰的人。

＊　＊　＊

張瑋思緒也飛得好遠。

如果可以選擇，我不想生長在這個環境裡，我不想當他媽黑社會老大的兒子。

但命運好像是天生注定，腦袋也是原本就長好在那裡等著他用。

在家裡逃得掉的責任，在學校逃不掉，出了幾次主意都精準的暗算威海海專成功後，便成了凱南高工的軍師。

「哈哈哈，我想，上輩子應該是隻獨角仙，血液裡天生流著滾燙的好鬥因子。」張瑋思索著這怎麼逃也逃不掉名為命運的東西，越想越覺得逗趣。

「怎麼說？」張瑋的話把我思緒從回憶裡拉到現實生活中。

「你可知道在克利夫蘭有一個殺人狂，專門喜歡一次殺二個人嗎？他在每一次的犯案中，同時獵殺與追逐，如果他同時抓到二個人，他會先困住一個人，這人通常是男人，他會在那人身上先劃上二十八道傷口，千萬不要小看這二十八道……當然比起那種一次割什麼一、二百的聽起來遜色很多，這二十八道由生殖器上往外延伸到人體四肢，再接著全身塗上橄欖油，以防止他快速就把血全流光直接掛掉，接著他就會開始對第二個人的虐殺。」

看著我冒冷汗的樣子，張瑋說故事的興緻好像越來越高昂。

原本就陰暗的天空好像在回應張瑋的故事一樣，風越吹越狂。

「如果說第一個被害人受考驗的是肉體極限，第二個就是精神上極致虐待！他會先逼第二個人吞下一種會放射出電的裝置，只要他手上的按鈕一壓，後果就是電得他屎尿都噴出來！在這二項前置動作都完成後，命令第二個受害者想辦法讓第一個受害者勃起，當然啦，怎麼可能有辦法！沒有終身陽痿就不錯了！等到殺人狂玩得差不多的時候，會用最後一種方式劃下句點。用一種自製鐵器，栓住二個頸子，他只要抓著線往外跑，那尖銳的器具就能同時一次摘除二個人的頭顱。」

「張瑋，沒事你講一個這麼可怕的故事幹嗎啊？你不知道我小雞雞怕殺人狂嗎？」這個故事搞得我一陣反胃，雖然中午便當很難吃，但我還是想用人體最自然的方法把它排掉。

「哈哈，人吶，還是要多增廣見聞啦！」張瑋熄掉手上的煙，往樓梯方向走去。

「幹！等我啦！」

但他沒看到原本還一臉恐懼的劉曜華眼裡的閃爍。

＊　＊　＊

「張瑋，我們等你很久了。」一道平凡高中男生的聲音。

我往後看去，在教室裡的是五個男生，身高、體型都不同，唯一的相同點只是平凡。

五個長相平凡、儀態平凡、連說話的聲音都嚇人的平凡，而開口的那個男生，坐在最旁邊，長更是平凡到不能再更平凡。

而且根本就是矮冬瓜一個嘛！

「小五別急。劉曜華，你知道他們五個是誰嗎？」張瑋笑著看我。

我搖頭。

看著他們，如果在街上擦身而過一百次，對他們都不會留下任何印象。

「他們是凱南高工五羅剎。」張瑋的笑臉裡帶著一絲得意。

「蛤！」他們原來就是傳說中凱南高工五羅剎。

「呃，久仰大名……」

劉曜華乾乾的對著五個人笑。

「嘻嘻，張瑋接下來呢？人家快要打過來嘍～」仔細一看，這個最平凡的小五，眼裡混著一種殺意。

「劉曜華，他就是小五，五羅剎由他帶領。」張瑋解釋。

「嗯。」五羅剎個個眼中帶的陰冷感，真讓人感覺不舒服。

「他們辦的下一場舞會在哪？」張瑋開口問。

「洛陽街與開封街二段那個路口。」

「嗯……let's go party！劉曜華，小五他們從來沒有去過舞會，你要好好帶他們去玩噢！不要讓我失望……」張瑋眼中帶著一絲期許。

「沒問題！」我笑著回答。

四

燈光昏暗的室內，震耳欲聾的音樂聲，空氣發散的曖昧氣息傳染給每一個在不斷扭動身軀的男女，讓人只想在這個糜爛的世界放縱一次。

有一群人混了進去；這群人來者不善。

帶頭的正是劉曜華，混進威海海專的舞會裡，穿著不再像以前帥氣又醒目，讓人一眼便認得出。

畢竟身份不一樣了嘛……我在心中默默的想。

看看四周，從樓梯下來後場地看起來像個圓型，在樓梯下來的正對面，架了一個新的小舞台，是為了配合這次的活動吧！

一、二、三、四、五……十四個，比平常的守備更加嚴格，是早有防備嗎？

唷呼！穿白色平口連身裙那個不是凱南高工校花嗎？

龐又德他們還真有本事，連我們這邊的校花都抓來，難怪舞會名氣會衝到這麼高。

我看看手上的錶，十二點半時間差不多，活動應該要快開始了。
「小五，你叫一、二去樓上那樓梯口，讓他們知道，我們來了。」
「再來呢……小五抓準時機打電話。剩下的人見機行事嘍！」我笑著看著他們五個，小五眼帶疑惑看著我。
「那你呢？」小五問。
「你在開玩笑嗎？來這裡就是要把妹啊！」
我走向正在舞台不遠處的女孩。
原本超大聲的音樂漸漸變小聲。
「大家好！歡迎在今天晚上來到我們威海海專的舞會!!」在講話的正是龐又德。
看著他，我低頭暗自笑了起來。
不知道他還記不記得，我們之間男子漢的約定？
那天夜裡，好像有什麼正在騷動。
乘著漆黑黑的夜，我們混入一棟殘破不堪的別墅。
老舊的門咿呀一聲被慢慢推開。
帶頭的二個男生拿著手電筒，好奇的東看看西望望；二個女生緊緊跟在後面，一步都不敢少走，就怕跟丟。

「吼！我不要去了啦……」張思琦從進來開始就不敢抬頭望一眼。

一旁緊張的陳琳抓著張思琦的手，全身都在發抖。

「妳張思琦也會怕噢？不是通常都是別人在怕妳嗎？」龐又德哈哈笑著。

古老的大房子，大概有幾十年的歷史。地上散落一地的灰塵與破木，空氣中瀰漫一股霉味，冰冷的溫度環繞在身邊旁。

我偷偷繞到二個女生後面，在她們耳邊大叫。

「嘩！」

「呀呀呀！」張思琦與陳琳原本就緊張的要命，被這麼一嚇，二個人都跳了一下，全身起雞皮疙瘩。

「哈哈哈哈哈哈」龐又德跟我看她們嚇到的樣子笑得更大聲。

陳琳嬌滴滴又膽小大家都知道，但是沒想到平常天不怕，地不怕的張思琦居然會這麼害怕夜遊鬼屋。

發現這麼趣味的事，樂壞了我們二個。決定利用這個機會，好好嚇嚇她們二個。

「幹，你們再鬧試看看噢！」張思琦原本就夠怕、夠緊張，被這樣一嚇，瞬間見笑登生氣。

舉起手就要給我們二個一頓粗飽。

「好啦！好啦！不鬧妳們了啦！」我怕她們二個如果真的不跟著往下走，就沒有笑話可以看了，趕快出來打圓場。

「你們知道嗎……？這個房子原本的故事？」龐又德壞心眼的準備更可怕的故事要嚇二個女生。

「什麼啦？」張思琦不耐煩的回答龐又德，而陳琳早就被嚇到說不出話來。

「原本啊，這裡不是這樣的！都是因為……一個女人。」龐又德看著遠遠的那個房間，所有人都跟著他往那個房間看去。

那個房間像個黑洞，好像一走進去，就不用想要再走出來一樣。

「這個的男主人與女主人，是一對人人稱羨的幸福夫妻。直到，有一天，發現一個穿著紅色衣服的小女生蹲在門口哭哭啼啼。二人不管問了小女孩什麼，小女孩都不肯回答，只是一直呆呆看著遠方，然後一直哭。膝下無子的二人，就好心的把她留在家中照顧。還以為是上天送給他們的禮物。」龐又德停了停，接著又說。

「小女孩在家中都默默的不愛說話，常常自己在家中走來走去。那對夫妻都以為，小女孩可能只是因為被丟棄，所以個性比較自閉，不喜歡和人交談。女主人不管是拿時下流行玩的娃娃還是香甜可口的餅乾糖果給她，她都只是冷冷的搖頭拒絕；可是，如果是男主人拿給她，有時她會歡天喜地的收下，有時她會默默的把東西放到一旁。二人都不疑有他，只是想要小女孩走出心房。直到有一天……」

龐又德看了看我。

我知道他掰不下去了，便趕緊接話。

「小女孩突然連續發了好幾天高燒，夫妻二個心急如焚，把大夫叫到家中，幫小女孩看診。可是不管大夫怎麼檢查都查不出原因，離奇的事就來了！在大夫走的隔天，小女孩就痊癒了。而大夫回去之後，被人發現陳屍在家中，全身上下沒有一滴血，乾巴巴的就像木乃伊。」

「蛤？怎麼會這樣？」

張思琦一時故事聽得入迷，都忘了緊張還激起了好奇心想知道是怎麼回事。

陳琳也在一旁呆呆傻傻的聽下去。

「等等會跟妳說啦！先聽下去。」我拍拍張思琦的頭，看了看陳琳接著說。

「村子裡的人都覺得奇怪，為什麼大夫會突然就這樣用這麼奇怪的方式死去。大家便開始流傳，小女孩是吃血的鬼怪，看待她的眼神也都改變。小女孩原本話就不多，大家又用這種眼神看她，便不再踏出門，自己躲在房間裡，二個夫妻看了覺得很不忍心，也覺得村裡流傳的都是無稽之談，對小女孩又更加的寵愛，只要她開口，二人都不會拒絕，想盡辦法都要找來給她。」

「有天，女主人在幫小女孩整理房間的時候，嗅到了一股奇怪的味道，那味道帶著些許血腥，尋著味道走過去，在一個小櫃子裡，發現了一堆死老鼠的屍體。女主人一陣噁心當場吐了出來，偷偷把櫃子關上，走出了房間。找了男主人和他說這件事，男主人卻覺得女主人一派胡言，直接找來了小女孩問了她。」

「青青，為什麼妳的櫃子裡會有死掉的小老鼠呢？」

「因為牠們比糖果美味，比糕點還好吃啊。」

小女孩笑裡還帶著稚氣與天真卻如此回答，嚇到了二夫婦。

女主人一聽腳都軟了，一個不穩跌倒在地，小女孩收起笑意，冷眼看著女主人。

「是不是妳也怕我？」女主人一聽冷汗直流。

小女孩慢慢走到女主人的身邊，手上的指甲瞬間拉長到快十公分又尖又硬。

「青青……不，呀呀!!」話都還沒有說完，女主人就被指甲插入眼珠，小女孩手一轉，就把眼珠轉出來，手法非常熟練。

男主人在一邊看傻了眼，回過神時一轉身便要跑，小女孩一個箭步，居然跑到男主人眼前，臉上的冷意退去，換上了一張女人家嬌羞的臉。

「你不要怕我啊，其實，我喜歡你很久了，我原本不介意當第三者，但是……我太愛你了！我無法接受自己要和別人分享你，所以我殺了她，開心嗎？」

男主人原本就飽受驚嚇，小女孩的話更讓他無法接受，還是決定要跑。

「連你也怕我？我都是為了你耶。你太過份了。」

「太過份了太

過份了太過份了!!」

小女孩原本白皙平滑的肌膚上，突然爆出好幾條皺紋，每一條都迅速延伸出去，成一張老臉。後來，在這個地方就出現很多不一樣的傳說，有人說男主人被小女孩帶走，去當妖怪，也有人說男主人被埋起來在後院裡，但是不管怎麼說……他就是真的從這裡，憑空消失不見了……」張思琦和陳琳聽完，全身無一處不起雞皮疙瘩。

「妳們知道嗎？當時女主人渾身是血，心有不甘的看他們二個對話的地方……」我冷冷的笑了一下。

張思琦與陳琳互看了一下，二個都一臉傻樣。

「就是妳們現在站的地方！」我突然放大了聲音。

「呀!!」陳琳早在進來之前就怕到不敢講話，被他們二個男生這麼一嚇，當場驚叫失聲拔腿就往房子外面跑。

「陳琳！妳要去哪啊？」張思琦跑了二步要去追陳琳，又再回頭一瞪「你們二個死定了！」說完就跟著陳琳往外衝。

「靠……龐德怎麼辦，玩太大了啦！你看陳琳剛才臉都白到快綠了。」我一臉尷尬的看著龐又德，但龐又德回敬我的是……一臉呆若木雞樣。

「龐又德！你幹嘛？」我順著龐又德的視線看過去，什麼都沒看到。

「……」龐又德依舊回也不回，動也不動的站在原地。

「什麼啦？」我不懂龐又德到底怎麼了，不過他的褲襠……「幹，龐又德你幹嗎尿……」話都還沒有說完，龐又德人都衝到快門口。

我看他跑也趕緊跟了上去，追到舊屋外的草地，一把抓著龐又德。

「你到底是怎樣？」我喘得上氣不接下氣的問。

「剛才，你沒看到嗎？」龐又德一臉的害怕，完全不輸給跑得不見人影的陳琳。

「？」

「我看到我前面有一個女的全身穿白色，正想看清楚，就感覺到我與她四目相交。」

「然後呢？」哪來什麼女人啊？

「然後……我就想說，別人都說，看到了就裝做沒看到就好，咻！她瞬間就在我面前，我全身沒有一個地方動的了。」龐又德一直在發抖。

「幹！」

「她在我輕輕耳邊說……幹嘛裝看不到我？你……喜歡我嗎？」一臉正經的龐又德，看起來完全不像在開玩笑。

「後來勒？」我好奇問。

「她就慢慢要把頭靠到我肩膀，在快要碰到我的那一刻，我能動，就跑了。」

二人陷入一片沉默。

「龐德你知道你的褲子……」我怕龐又德不知道自己尿在褲子上，一臉尷尬的開口。

「閉嘴！我知道！答應我，千萬不要說出去！」龐又德二眼直盯著我，口氣認真到極點。

被鬼嚇到雖然很可怕，但是男人更丟不起面子！

「好！」我也一口氣就答應了。

「這是男子漢之間的約定，如果你講出去，一輩子手槍打到死。」

「嗯！我發誓。如果我講出去，一輩子手槍打到死！」

我用同情的眼光看著龐又德溼了一塊的褲子。

之後二人之間沒有人再談起，在這件事建立在信任的基礎，我幫龐又德守住了一個天大的秘密。

音樂又恢復成剛到時那麼大聲，舞台上從六個女生被刷到剩二個在互相嗆舞技。一個穿著紅色超V領小可愛是東東校花，另一個穿著白色平口洋裝正是凱南高工校花吳凌凌。

龐又德站一邊等待二個辣妹越脫越少，藉此分出勝負。

有一個人靠近了龐又德耳語了幾句，他臉色越來越沉重，等那人說完，他抬頭東張西望。

是在找我吧？小五他們應該動手了，我住舞台的方向更靠近。

龐又德從台上搜尋我，我笑了，龐又德也笑了起來。

而台上東東校花跟著音樂的節奏彎下腰慢慢的把領口越拉越低，台下呼聲也越來越大，吳凌凌只是瞄了一眼，平口洋裝瞬間退至腰間。

台下根本就像瘋了般狂叫。

「Time's up！」龐又德走上台往下面看著說。

二個穿少少，不，是脫到只剩少少的正妹都停下了動作，音樂也跟著變小聲。

「謝謝這二個正妹的表演！大家應該很明白，今天的冠軍是凱南高工校花吳凌凌！」

在台上得到冠軍吳凌凌的嘴角泛起笑意，一手性感的撩著長髮，另一隻手拉著剛退到腰間的小洋裝。

東東校花則默默被自己的同伴扶下小舞台。

站在舞台邊的劉曜華看到場內出現接到消息的歷少連等人。

「今天除了這麼幾個正妹精彩的表演外，我還要歡迎一個神秘佳賓！劉曜華！」龐又德不管歷少連驚訝睜大的眼，只定定的望著劉曜華看。

「龐又德你這小子……」劉曜華雖然不甘不願，不過龐又德指名道性了，哪有不走上去的道理。

在這麼多的風波發生後，劉曜華三個字還有誰不知道？

台上頓時呈現出詭譎的畫面，二個男人在台上互視，嘴角都各帶笑意，而中間站著一個剛才熱舞過頭衣服凌亂的吳凌凌。

海專的舞會是出了名的新奇有趣，沒有人知道節目安排走向是如何。

「同是凱南高工人……幫人家穿好衣服啦～」龐又德饒富興味的看著劉曜華，想知道他會有什麼反應，更何況……張思琦到了。

劉曜華突然一把抓住吳凌凌的手，往自己的方向一拉，吳凌凌踉蹌直接撲到劉曜華的懷裡。劉曜華雙手貼在吳凌凌的背後慢慢遊移，手滑過臀部上方的位置時還拉了一下吳凌凌丁字上的橫線。吳凌凌雖然作風大膽，但是在這個保守的年代，哪有讓人如此靠近過？一張小臉通紅蔓延到脖子上。

吳凌凌不知道是不是為了配合氣氛，反倒更大膽的貼上劉曜華的胸前，軟軟的小手環上他粗獷結實的腰。

水潤的大眼嬌滴滴的看著劉曜華，微嘟了一下嘴。

劉曜華順著吳凌凌身體的曲線，用左手把白色小洋裝往上一拉。洋裝被帶回了正確的位置，但二人的身體卻還是沒有分開。

眾人就這樣眼巴巴看著他們二人火辣的互動。

遠遠站在後面的張思琦早就肚子裡一把火，全身顫抖著。從之前沒事就老愛和她爭吵，到後來不辭而別，現在第一次再出現在她面前，居然……

「停！全都不准動！」

剎那間燈光大開，一群警察衝入了舞會會場。所有人都傻在原地三秒後，有的大聲驚叫；有的開始四處逃竄。

場面一陣混亂。

熟知地理位置的歷少連與龐又德各往通接外面的小路方向逃去。

小五則看著劉曜華跑去的方向跟著去。

「怎麼可以讓他逃走！」張思琦左右看了看，也跟上了劉曜華的方向跑去。

* * *

「小五！小四的電話也打得太快了吧！」媽的！我人都還沒有靠到門邊，大隊人馬就衝進來是殺小。

劉曜華邊喘氣邊對著小七說。

「是因為你還沒有摸狗嗎？」小五取笑著劉曜華。

「對啊！你沒有看到那左搖右晃的大肉球嗎？搞不好今天就很有機會了耶！」劉曜華二隻眼睛翻白眼一臉搞笑的順著小五的話打哈哈。

「是嗎？」

張思琦的聲音出現在二個人身後。

我跟小五一轉頭就看到張思琦站在後面，臉色臭到真的無法形容。

「呃……思琦，我開玩笑的！」他媽的，緊張到一身冷汗都快要流下來。

「劉曜華……你！」張思琦看著劉曜華，氣到原本古靈精怪有朝氣的大眼都發紅了。

「小五救命啊……快幫我解釋。」劉曜華一轉頭。人勒？

小五看著二個之間的互動，猜接下來的這一段和他沒有關係，老早就腳底油一溜煙就跑走了。

「哇靠，這傢伙的義氣是被狗吃了是不是啊……」劉曜華一時之間真的不知道要如何解釋。

她看著他，心裡又揪又澀，原本想著再看到他，激動的有好多疑問想要問，但是剛才聽的話，把她的澎湃打入了谷底。

「好像我也沒有什麼好問了。」張思琦一轉身就要走。

「張思琦！」劉曜華一把拉住了她。

她一臉疑問的看著他，還有什麼好說的呢？

「我……剛才真的是開玩笑的啦！」

「嗯。」腦袋好像要漲破般無法再思考了。

「妳不要這樣啦。」

他沒有這樣被她對待過，從來都是張思琦的熱情在燃燒他們之間的氣氛。

她現在的表情嚇壞了劉曜華。

「思琦。」劉曜華伸手拉住她。

「你放開我，我不是那種會和你隨便拉拉扯扯的人。」她語調帶著濃厚的酸味，甩開了他的手，卻又覺得好像有點空空的。

「剛才我只是在配合他們，跟著他們玩而已，妳可以不要這樣嗎？」劉曜華低頭，好想和她說出全部的計劃。

「配合？你配合誰了？是配合你們凱南高工那群人？還是配合龐德？還是你配合的是你自己的意思？」他一句話徹底惹毛了張思琦。

「我就跟妳說不是這樣了！」

「算了，你也不用和我說什麼，反正你就是喜歡跟我作對嘛！」

「什麼啦？」一肚子的心事，到底可以和誰說？劉曜華的脾氣頓時也有點失去控制。

「我說你什麼都跟我爭！」

「對！我就是愛跟你爭！我不爭，妳會以為什麼事都要自己擔。」一時情緒激動的劉曜華，不小心把心裡對張思琦的關心表現出來。

「你什麼意思？」劉曜華的回話讓張思琦從一陣狂怒中冷靜下來。

「……」

「我自己擔又怎樣？」倔強的張思琦還是不肯低下頭來。

「思琦……」劉曜華輕輕抱住了她。

「我在想什麼，妳真的都不懂嗎？」

「我……」被抱住的張思琦，瞬間整顆心都軟下來。

「相信我。」

張思琦推開劉曜華，思忖自己到底應該要怎麼辦。

「你可以先和我說，為什麼要離開威海海專嗎？」她盯著他，希望可以得到一個答案。

「有很多原因，但是現在還不是說的時候。」劉曜華愧疚的低著頭。

「什麼都不說，要我怎麼相信你？」她笑了，卻笑得涼涼的、淡淡的。

「好吧！」劉曜華實在不忍心看著張思琦這種臉色，一點都不適合她……。

「如果我說，是鐵頭計劃的，妳信不信？」劉曜華偷偷牽起張思琦可愛的小手。

「計劃什麼？」她抬頭好奇的看著他。

「他早就計劃要把我轉到凱南高工了。不管有沒有黃宇浩他們，我都會轉學。」

「為什麼要這樣做？」

「因為，我欠鐵頭一個人情」

「什麼人情」

「這……我真的不能說」

「那鐵頭的計劃到底是什麼？」

劉曜華小心翼翼的看看周遭，確定都沒有人後才說。

「這個計劃的全名叫『對不起，我是臥底』。」

「幹！你耍我！那不是周星馳的台詞嗎？」這種爛計劃需要這樣緊張兮兮到處看才講噢？她真的在心裡深深覺得很無奈。

「相信我啦～」劉曜華撒嬌的回答。

「所以咧？」她扁扁嘴，無奈接下去。

「我只能講到這。」

「那你有講跟沒講有什麼不一樣啦？」張思琦覺得她火氣整個冒到快頭頂。

「反正，妳放心，我沒事的。」他拍拍她手，這一瞬間，讓她覺得好安穩，好像什麼事都不會影響二人。

「嗯。」明知道他的解釋是模糊不清的，但還能說什麼呢？張思琦默默接受了。

愛有時候就是想要無止盡的寵愛著一個人，明知道會寵壞，但卻還是會義無反顧的去寵。

二個人就這樣肩靠著肩坐在路邊，聊聊以前在學校發生的糗事，談笑之間，心又更靠近了一些。

那天晚上，我自己騎著心愛偉士牌回家，心裡有好多的畫面。

一直以來，我都很喜歡騎車的感覺，那種能夠掌握住去留卻又自由自在的流浪感，是怎麼樣都無法被取代的。

五

戰火像森林大火般燒得越來越旺，幾乎是江湖上各大名校都參入戰線。其中威海海專與凱南高工二校互毆的事件更加頻繁。

威海海專校長室裡，樸實的裝潢帶著一種剛毅的氣派，垂垂老矣的老人坐在咖啡色真皮沙發上閉著眼，氣定神閒的喝著熱呼呼的人參茶。一身簡便的針織線衫搭配著黑色西裝長褲，百年不變不管春夏秋冬都穿在身上。

扣扣，沉重的木門被敲了二下。

「進來。」老人睜開雙眼，悠悠看著走進來的男人。

這個男人，有著虎背與雄腰，走起路來步伐不大，微微帶點內八字。

「坐。」老人不急不徐的說。

男人一屁股坐在沙發椅上，眼神左右瞟了瞟，臉上看的出來因為這次會面而感覺緊張，目光最後落在對面的老人身上。

「校長今天找我來是有什麼事嗎？」男人強壓住內心的不安，故作鎮定的開口，但稍稍顫抖的語調都透露出他內心的惶恐。

「鐵頭，我們最近常上新聞啊？」

是的，坐在校長前面的男子，正是威海海專的教官鐵頭。

「是……」一語就直接講出重點，這就是校長二十年來不變的風格啊……

「是不是該出面管管那些孩子了？」

「是……」

「有些事，點到就好，不要玩得太超過了，知道嗎？」

「是……」

「嗯，沒事了。」

「是……」鐵頭站了起來，居然發現自己有些腳軟，慢慢的往門口移動，正要關門時……校長又開口。

「對了！海上男兒是丟不起臉、輸不起的，你知道吧？」

「是。」

鐵頭退出校長室，不爭氣的往牆上一靠。

「校長的氣勢還是那麼驚人吶……」
校長今天的話，像是一計強心針，要玩，就不能玩輸。

十五年前。
一間陰暗的體育器材室。
二個男人，一個喘著氣挺直身體，一個悶著不吭聲彎著腰。
規律的節奏，啪、啪、啪、啪一聲接著一聲。
如果你去Google翻譯「啪啪啪」，你會得到一個害羞的解釋。
如果你去問大人，應該會被呼二巴掌。
總之，原本規律的節奏變得忽快忽慢，最後慢了下來，搭配壓抑般的嘶吼聲。
「阿……阿……嘶……」
活塞動作終於停止。
終於結束了嗎？八分又五十七秒和上次比起來快了二分半。
得到解放的男子站直了身軀，拍了拍原本彎著腰的男子，緩慢的穿好褲子。
腰原本彎曲的男子，直挺了身子，才突現原來他的高大壯碩。

一道白色熱流像蔓延的河，從高大男子股門一路滑往大腿的方向流至腳踝。

空氣之中，原本潮濕的悶味現在多加了一股濃厚的腥臭味。

這味道，一直刺激著鐵頭的味覺，怎麼也去除不了。

繃緊神經的鐵頭好像聽得到自己的血脈在太陽穴卜卜、卜卜、卜卜不停跳動。

「滾吧。」就像電影裡所有的壞男人一樣，他正抽事後煙，斜眼瞄著鐵頭。

臉上沒有任何表情，好像連不削都懶得給。

「……」再忍你也不過就半年，要不是你他媽是我的長官，我不會讓你好過。

抽完的煙隨手一彈，在空中劃出紅色的半圓弧線。

抽完煙的男人站了起來，清理一下自己的衣物。

離開現場。

但是，卜卜、卜卜、卜卜的心跳聲不斷迴盪在鐵頭耳邊。

「有一天，我會讓你後悔。」鐵頭憤恨的說出這句話來。

人說因果因果，這個因一直種在他心裡。
何時會變成果？沒有人知道。
鐵頭在每一次被侵犯的同時，都會牢牢的緊盯著那個男人腳踝上的胎記。
心裡數著一二三四五六七八……

＊　＊　＊

所有的女孩對待愛情都會有種特殊的期待，女孩們天生感性，在曖昧不明時追求模糊的美感；在熱戀期時追求；在結婚後追求單純、穩定的幸福。每段愛情都會有起承轉合，有時發展得太迅速都還來不及感受就寫下句點，有時等待進入下一個階段卻遲遲不來。
唯一能改變女孩從大咧咧的男人婆變成輕聲細語小鳥依人的就只有戀愛了。
「穿這樣可以嗎……」拿起一件又一件的衣服比在身上，映在鏡子裡，卻怎麼看也不覺得順眼。
「吼！我想這麼多幹嘛啦！」張思琦一氣之下把衣服都丟回床上，最後還是穿起一件簡單的白色T恤和刷舊的二手牛仔長褲，抓起薄外套出門。

對十一月中旬的天氣，今天似乎算暖和，風吹過來還是帶點涼意，但是陽光曬的暖洋洋，步道上的人行樹好像在閃閃發亮，幾朵綿綿的白雲飄啊飄，真舒服。

「你們都不懂我今天多緊張對吧！」我對著天空呆呆說。

心裡充滿期待。

在上次見面之後，劉曜華為了遵守當初和爸爸的約定，要幫我惡補功課。

會早到嗎？還是會晚到？見面第一句話該說什麼好呢……？

張思琦想著想著露出個甜蜜的微笑，或許見了面什麼都會變得不重要，因為最重要的人出現在面前了。

往前走了不遠，就看到約好的地點。

而他，站在那等我。

「你遲到了。」劉曜華看著手錶，表情不悅的看著張思琦。

今天的她，依然是那麼簡單的穿著，卻讓他覺得好可愛、好完美。

或許喜歡就是這麼一回事，無論她是什麼樣子，都覺得美好，不管說了什麼，都覺得她好可愛，看著看著，微笑慢慢爬上了劉曜華的嘴角。

「你該不是要跟我說什麼一吋光陰什麼金的吧？」還不是因為你，我緊張的要命，換了好幾套才出門。

無奈的扁扁嘴，卻倔強的不想說出口。

「什麼陰什麼金，妳在說什麼？好髒噢。」劉曜華看著張思琦有點緊張的表情，就好想逗逗她。

「我哪有！你亂說！」我打了他手臂一下。

「好痛。」雖然他說痛，可是我根本就沒出什麼力。

劉曜華的臉上也掛著笑容。

二人慢慢的走向速食店。

一路上天南地北的聊著天，劉曜華偷偷牽起張思琦的手，張思琦紅著一張臉，但也沒有抽回就讓他繼續一路牽著。

速食店永遠都是學生的好朋友，可以點個十塊、二十塊的飲料坐上一整天，而店員走過來時，卻可以義正言詞的說「我有消費為什麼不可以坐在這裡？」。

一路上說說笑笑，望著彼此的雙眼，讓人以為覺得時空好像放慢腳步，所有人都在身邊快速經過。

我偷偷做著美夢，能不能一直這樣下去就好啊？感覺好甜。

現在算是在曖昧不明的階段嗎？

這個階段最危險的就是夢做得太長太遠太美好。

走進速食店，冷氣迎面吹來，一共三個櫃台。

第一個櫃台有一名男子態度囂張，不停的對著店經理說「是否？是否？是否？是否你們就是這樣對待客人的啊？」

「不好意思啦……」女店經理看起來還是就很有風度的在回答盧小小的男客人。

另一排點餐道，有一個中年男子頂了個有點像豬哥亮的髮型對著櫃台的年輕男服務員說。

「大俠愛吃黑喵喵，神經牛肉全是毛……」後面幾句話像是喃喃自語般的悶在口中，聽不太清楚。

噁，他的頭髮油油一束一束貼著頭皮。

「熱奶茶和排骨麵中間三個的第二個是什麼？快回答我！」年輕男服務生一臉機車樣的問著馬桶蓋頭男子。

劉曜華左、右各看了一眼沒多理會，走向中間的櫃台，點了二杯飲料，選個靠近窗邊的位置。

這是什麼世代？瘋子還真多。

張思琦坐在劉曜華對面，有點尷尬的笑著。

第一次這樣和他單獨二個人出來，好像緊張到有點尷尬了……以前情況都還沒有到展現雙方意思的時候，都不知道二個單獨出來幾百次，可是現在這樣有點模糊的狀況，胃好像有點緊縮。

「妳的參考書呢？」二手空空……對面的傢伙該不會……

「呃……」張思琦倒抽了一口冷氣。

糟糕！從昨天就開始一直在想要穿什麼，參考書是三小，早都忘在一邊。

劉曜華看著張思琦，表情很無奈。

「那我們今天是出來幹嘛的？」

張思琦坐在對面一臉尷尬，不知道要說些什麼。

可是，以我們的交情，難道不能出來吃吃東西聊個天嗎？

張思琦忽然又覺得有點火大。

「不然回家啊！」張思琦一臉賭氣的說。
「好吧！反正妳書也沒有帶，那各自回家吧！」
劉曜華假裝站起來就準備要走出速食店。
「吼！」張思琦很明顯的更不悅。
哪有人真的這樣說走就要走的啦……
「妳又幹嘛？」劉曜華眼底淨是笑意，一心一意就是想要整她。
「沒事啦……煩耶。」張思琦的表情充滿憋扭與不悅。
劉曜華一邁步跨到張思琦旁坐下，出其不意多靠近了張思琦一點。
「跟妳開玩笑的啦……我一輩子都不會從妳身邊離開。」好想就這樣一直一直抱著她……可以讓快樂待續無限延伸嗎？
「你很煩耶……」她嘴裡這樣說，但笑意爬上她的臉，心裡樂得滿懷。
「思琦！你喜歡我嗎？」劉曜華突如其來一句話，張思琦嚇得差點從椅子上跳起來。
「蛤！」我有聽錯嗎？這句話真的是從劉曜華口中說出來的嗎？怎麼可能！是不是又想要耍我……

張思琦問題居然來得這麼突然，心裡又緊張又害怕。緊張這個問題是認真問，但也害怕只是在整她而說出口的。「我問妳，妳喜歡我嗎？」這個問題在心中思考了很久，想來想去，還是決定要問出口，男子漢大丈夫，有什麼話是說不出口的？

只是看似簡單幾個字，真要說出口有多難？

全看那個對象在你心中的地位，如果這個人對你不重要，隨隨便便都可以說。但是如果那個人在你心中的地位是不可或缺的，這句話就會變得非常的難……因為講了是會失去？還是會更親密？

答案就是如此的難以捉摸才顯得戀愛的美妙。

二人相互對看，空氣裡像是充滿著許許多多的粉紅色小氣泡；破了一顆「波」的一聲就全身電得麻麻的，頭腦昏昏的。

「我……我不知道……」如果我說喜歡，會不會破壞了現在平衡的美感？不過要我說不喜歡，我也說不出口。

是測試嗎？答案怎麼會有不知道這個選項？劉曜華在看似鎮定，其實心裡也開始不安的揣測。

「哎，拜託，我是劉曜華耶，怎麼可能有女生不喜歡我？半公里以內只要是雌性都難以敵擋我的魅力，連母蟑螂都逃不過。」

話鋒轉走，我偷偷鬆了一口氣。

「最好是啦！你少臭屁！」我開玩笑的回答。

現在二邊學校的狀況對立，他又帶著這麼多的秘密，可不可以只要先保持現在這樣就好，我不想要再更多……

或許曖昧讓人覺得很委曲，可是也是最多人說，那是一段感情裡面最美好的時刻，那種偷偷的默契；還沒公開的親密感，每一步都充滿著誘惑力。

「那……今天該幹嘛好呢……」劉曜華看看手錶，現在也才下午二點多。

「不知道耶……」張思琪二隻手撐著下巴頭歪歪腦袋裡不停思索到底要去哪才好。

室內涼涼的免費冷氣吹得通體舒暢，陽光從落地窗穿透的角度散得整個室內亮晶晶，劉曜華看著張思琪煩惱的表情，覺得她好可愛，時間彷彿短暫的暫停了數秒。

「啊！我想要去動物園！」

張思琦拉著劉曜華的衣角，一臉像小孩帶點期待又有點銀求的模樣，任誰都無法拒絕。

「妳去那要幹嘛？」劉曜華一副就是幾歲了的表情回答我。

「我想看長頸鹿。」我直接的回答他。

可惜，劉曜華不是那個「任誰」。

「不去。」

「什麼？」

「不去啦。」

「什麼啦。」

「……」

「……」

劉曜華與張思琦陷入了一陣膠著。

「不去，熱死了」劉曜華不耐煩的皺眉頭。

「你很白爛耶……」哪有人這樣的啦……自己問人家要去哪裡，說了又不給人家去。

張思琦扁扁嘴覺得好無奈。

這時，一個熟悉的身影從面前走過，吸引二人的視線。

「歡迎光臨！」店員熱情的招呼著客人，盡好自己的本份。

「啊！是那個女的！」我記得出她，她就是那天在舞會上緊緊巴住劉曜華不放的「凱南高工」校花！

劉曜華一看見她走進速食店，臉色好像有點變化，一時之間還來不及感受。他就拉著我的手往室內的方向走。

那個女生身邊還有另一個女生，正站在櫃台點餐，嘰嘰喳喳的聊天笑著。

直到走到了室內最盡頭，什麼也看不見了。

「你幹嗎拉我？」

「我去上一下廁所。」

說完劉曜華馬上走往廁所的方向，看也不看我一眼。

奇怪……幹嘛好像怕我們二個人被看到的樣子？難道有什麼不能被人家發現的嗎？

「反正妳書也沒帶，今天先這樣吧，我有事先走！」劉曜華突然出現，丟下這句話後就離開了。

只剩我一個人傻站在原地，這到底是怎麼一回事？

是啊，曖昧嘛，偷偷的嘛……曖昧有時真的帶點委曲。

張思琦的眼神轉過去看著和朋友吃個速食的吳凌凌，因為她？

＊　＊　＊

啪啪啪！一連串的拍照聲，女孩專注著拍攝眼前的美麗風景，拍得忘我。

攝影一直都是女孩的興趣。有個男孩後面叫住她。一回頭，只看見，男孩紅著臉，似乎要對她說什麼。

「我喜歡妳！」男孩紅著臉，看著女孩清秀無辜的雙眼。

「呵……我早就知道了」女孩俏皮笑著回答男孩。

男孩被女孩這樣一回，臉又更加紅了幾分。

「那……和我在一起好嗎？」女孩笑著答應了男孩。

女孩嬌羞的點點了頭，和男孩一起手牽著手。少女懷春總是夢。她一直想要擁有的，就是像童話般的愛情。二個人兩小無猜，眼裡只有對方，牽牽小手就覺得好幸福。

幸福總是很短暫，過完這個學期，男孩為了畢業就要出去跑船。出去之前，他把契約上所有的錢都給了女孩，告訴女孩，一定要等到他歸來，等她也畢業之後，就一起組個小家庭，一輩子這樣幸福的老去。

女孩答應了男孩，說我會乖乖等你。只是一年的時間很長，人都會長大，會知道原來人生的路是這麼寬闊，原來人生會出現一個更吸引她的男人。那個男人有著一雙鳳眼，那雙眼睛，好像會懾人靈魂的最深處。女孩在第一次見到這個男人時，原本對男孩的愛，就消失了。女孩決定，她要追求更幸福的世界。等男孩跑船回來，她要告訴男孩，她不愛他了。

時光匆匆，一年很快就過去，男孩回來得知消息，他思思念念的女孩，走了，不再回來了。手上拿著他帶回來的女孩最愛的徠卡相機，原本是想要給她的驚喜，卻變成了一份送不出去的禮物。

他決定，要找到女孩，把這份禮物送出去，為他們沒有結果的愛情，劃上最後的句點。

今天，是他們認識的第一千天，男孩四處打聽到女孩的下落。特地把留了好久的鬍子刮掉，亂了好久的頭髮修齊，在鏡子前面反覆照，只求用最好的一面見女孩最後一次。

躲在女孩家的巷子口，回憶像狂風般吹來。女孩笑起來時的甜甜梨窩；女孩倔強時眼神的堅定；女孩知道他要離去時傷心的嚎啕大哭，他都還記得哄了多久……越想男孩的心越痛。忽然想到學長在船上對他說過的一句話。「愛情，總是沒有的乘風而來又隨風遠去。」當時看著學長的苦澀，還在心中暗自竊喜他有女孩的陪伴，現在，什麼都沒有了。

女孩的身影從巷子的那頭出現，另一個男孩陪伴著她。她的眼裡、笑裡盡是幸福，全是他沒看過的樣子。忽然，什麼都明白了。曾經疑問、曾經埋怨，現在看著她，一切變得好可笑。

等他回過神，女孩獨自走到家門口，另個男孩已經不知去向。

想過千百次，這次的相遇會是什麼樣的情形，應該要如何開口，卻怎麼也無法照著自己原本想像的方式走。男孩清了清喉嚨，引起女孩的注意。

女孩嚇了一跳。

轉過身，和男孩到對眼。女孩心中滿是愧疚，明明知道是自己先對不起男孩，但這一刻，她卻也無話可說。
「這個，是要送給妳的。」男孩拿出了徠卡相機，遞給了女孩。
「呃……我不……」女孩的話都還沒有說完，男孩搶先一步。
「收下吧！這原本就是為了妳買的，不管妳要怎麼對它都可以，無論如何，我只想妳收下它，劃下句點吧……」男孩的話語裡帶著一絲說不出來的苦澀。
女孩不知道該如何再拒絕，只好傻傻的伸手接住了相機。
「謝謝。」女孩低下了頭，心中的歉疚又更加深。
二人都不知道該說些什麼，就這樣沉默了一會兒。
女孩帶著相機轉身拿出鑰匙，準備開門。
「就當送我一個禮物，用這台相機，幫我拍張照好嗎？」男孩好想知道自己在女孩的眼中看起來是什麼樣子，到底輸在哪裡。
女孩沉默不語，回想著自己對男孩無數的虧欠。
慢慢顫抖的抬起了相機，眼睛對準了相機孔。
從孔裡看過去，忽然發現當時和他傻傻一起許下諾言的那個男孩變得不太一樣了。有了一年跑船經驗，肩膀變得更加厚實，眉宇之間也不再稚氣，皮膚也變得黝黑，唯一不變是，透過鏡面看到他對她眼裡的深情。也看不到男孩以前特有的快樂眼神。女孩的心絞痛不已，她真的不願意這樣傷害男孩，但是愛是一種很奇妙的東西，她真的無法控制自己的心。在心裡，說過多少次的對不起？女孩的視線開始變得模糊。

男孩看著女孩與相機，好像回到當初的甜美時光，他笑了，笑得燦爛。眼淚模糊了視線，女孩吸了一口氣，專注的準備替男孩拍照。

當女孩正要按下快門時，畫面中是什麼東西閃閃發亮？

女孩內心充滿疑問，正想開口問。

銀光一閃，小刀劃過了男孩自己的喉嚨。

女孩眼前鮮血一片。

照相機裡映出的，不是男孩的笑臉，而是痛苦扭曲的表情，脖子上的傷口皮開肉綻，深可見骨，男孩的鮮血像賽跑的子彈般快速噴射濺了一地；灑了女孩一身。

「不要!!」女孩從床上跳起。

「陳琳？」

陳琳胸口不斷起伏，淚流得整臉都是，頭昏個不停，全身冷汗。

「為什麼要這樣？」陳琳大聲哭泣。

張瑋心疼的拍了拍陳琳的背，把她抱回懷中。

陳琳也回抱張瑋，抱得好緊。

室內一片安靜，陳琳的啜泣聲顯得更加明顯。

「又做那個夢了？」張瑋溫柔的摸著陳琳的髮絲。

陳琳在張瑋懷中，點點頭，哭得無法自己。

「都過去了，別哭。」張瑋親親陳琳臉上的淚，安撫著她。

「你不懂得，他從來就沒有打算要過去……」

這個惡夢，從來沒有從陳琳心中被帶走過。

從來沒有消失過，不停迴轉播映般，一天又一天；一夜又一夜。

＊　＊　＊

「我等你很久了……」龐又德臉上很少變得這麼難看與嚴肅。

龐又德突然出現在劉曜華放學後回家必經路上。

「龐德！好久不見！」劉曜華又驚又喜龐又德的出現，有多久沒有好好聊一下了？

自從劉曜華轉學後，完全沒有機會再和威海海專的朋友相處。

「劉曜華，你會不會越來越過份？你居然叫人砸了牛肉麵街的果汁攤！」龐又德逼問的口氣，讓劉曜華嚇了一跳。

「什麼!?果汁攤沒事吧？」劉曜華不敢相信張瑋居然叫人去做了這種事。

「不用貓哭耗子假慈悲了……」

「龐又德！你不認識我嗎？你覺得如果我真的知道這件事，我會讓它發生？」劉曜華緊忙為自己辯解。

「我不知道你到底怎麼回事，我真的不知道認不認識你了……」龐又德眼睛帶著涼意，這句話絕對打從心裡說出。

劉曜華轉學到凱南高工後，不知是有意還是無意，處處找威海海專的弱點攻擊。

或許劉曜華曾經在這個團體裡待過，所以總能找出痛處狠狠咬上一口。

「你在說什麼？」劉曜華知道自己有些事必須去做，但是絕對不包括果汁攤……

「媽的，不管你怎麼說，你也好張瑋也好，凱南高工我們威海海專槓上了……這次的事絕對不能這樣就帶過……」龐又德眼神裡只有堅定，沒有討價還價的空間。

「你確定?真的要這樣做？」劉曜華知道，動到果汁攤，他們的怒意絕對降不下來了。

另一方面，龐又德與劉曜華倆人都好奇，對方的能耐到底在哪裡……

「五月三十一號，中華商場。」

六

相約五月三十一日決戰中華路的謠言一傳開，二方人馬各自開始展開備戰。

威海海專這一邊，派出鄧豪先做地型上的探勘。

中華商場，坐落西區中華路串成一列共八棟，一棟三層樓的水泥建築。原本用為給老蔣帶到台灣的外省人居住，由北而南以「八德」為名，分別為忠、孝、仁、愛、信、義、和、平棟，總長度約一千兩百公尺，大概可容納一千六百五十個租戶，平均每戶可使用二坪大的使用空間。

租戶個個經營得都有各自的特色與分類，例如忠、孝兩棟主要販售二手老舊收音機、家用電器、音響與電子零組件，後來則改賣個人電腦組裝零配件；仁、愛兩棟主要販賣古董、古玩、字畫、玉器、琺瑯及台灣民俗藝品，另外郵票、古幣蒐集與交換，還有一些算命測八字的商店；尾端的和、平兩棟主要是販賣成衣、制服、牛仔褲、軍用衣料、旗幟徽章等，還有一些老人茶館與棋社。信、義兩棟，聚集了許多中國各地小吃。

漸漸也開始有本省人與許多從南部到北部來討生活的人們匯集在此，紛紛動起來了做生意的腦筋，八棟水泥建築物延伸出去，成了最大違章竹棚群。中華商場有來自不同地方的風俗民情，由南到北各種樣式的小吃，新奇的用品，五花八門的口音，在中華商場只要找對了方法，沒有賺不到的錢。但是過了西區後面的「艋舺」，可就不一樣了，那裡的街道是陰暗的，空氣是混濁的，就連在學校裡最驃悍、凶狠的學生，也不敢往那多走一步，除非，有特別的來頭，否則，那是個少去為妙的地方，龍蛇混雜、牛鬼蛇神的程度用想像都遠遠比擬不了。

八棟中華商場裡，主要戰場就是信棟與義棟，從門口進去，左、右邊樓梯開始一路蜿蜒到三樓，樓梯的旁邊就是一間間的廁所，所有店都都集中在中間，留了類似環狀的通道。

信、義這二棟對當時的學生們其實一點都不陌生，每到下課後，便是學生的集散地。凱南高工跟威海海專的樑子也是從中華商場結下。

「這將是一場能留下名字的世紀之戰啊……」鄧豪站在信棟門口前仰望著這三層樓的建築物。

所有的事情真的可以這樣就解決掉嗎？

總覺得會突然蹦出使人措手不及的問題呀。

「哥，我們當天也要到嗎？」鄧稔站在鄧豪旁邊，心裡緊張的祈禱千萬不要在哥哥出戰的名單內。

「你不想參與嗎？」鄧豪看著自己沒用的弟弟，心裡不禁先大嘆了一口氣。

「是啊，我一點也不想參與。」鄧稔想也不想如此堅定的說。

「為什麼？」鄧豪明白弟弟的沒用，但應該不至於到直接就說出來的地步……因為在威海海專裡，要是沒參與這次的盛會，恐怕下場也不會太好過。

「哥，我聽說……艋舺那邊會有人過來。」鄧稔怕死達到某種程度，小道消息自然收得更多。

「什麼！怎麼會？」鄧豪大吃一驚。

「因為……黃宇浩！聽說他後面的人會出力。」

鄧稔的答案讓鄧豪靜靜思考了一下。

「嗯……似乎是非常有可能，畢竟他也是黑道背景的小孩，雖然黃宇浩老頭勢力不到非常廣泛，但是要幾十個人出來幫忙似乎也不是什麼太難的事。」

「但是，琦姐後面呢？難道他們就不怕張家的人嗎？」

「小子，你消息收得還不錯耶！」鄧豪稍為對鄧稔有點刮目相看。

接著又說「是啊，張思琦後面是有勢力，但是張瑋跟張思琦是一家人，難道他老頭會任由他們調人自相殘殺嗎？」

「對吼……我本來還以為，琦姐也可以叫人壓住黃宇浩的援兵……」鄧稔難掩心中的失落感。

「我們自然會有辦法，你別想太多。哥勸你當天還是人要到，躲在哪我不管你，你沒來，以後在威海海專也不會太好過，知道嗎？」鄧豪看了一眼鄧稔，這個從小疼到大的弟弟。

鄧稔這樣卒仔的個性，畢業後，該怎麼辦才好……。

「嗯，我會拿出玩躲貓貓的實力。」鄧稔傻傻的思付著看來是很難逃過這一戰，到底要躲在哪才好？

鄧豪笑了一下。

在鄧家舉凡過年親戚們到家裡來玩，大人賭博時，成群孩子們就開始自己的遊戲。

讓鄧豪印象最深刻就是跟鄧稔玩躲貓貓。

八個小朋友整齊喊出「剪刀、石頭、布！」

布、布、石頭、布、布、布、布、布。

「啊！大哥哥當鬼！」

鄧豪一臉竊笑，八個小孩之中我最大，怎麼可能玩這個遊戲會輸呢？

「好～～那鄧豪哥哥先說好規則噢！哥哥在這裡從一數到一百，就要開始抓人嘍！範圍只限於這個房子噢！」

「六點半就要吃飯了耶！」最貪吃的小表妹總是把吃飯的時間記得最清楚。

「哥哥六點半之前就會抓到你們了啦～現在才三點耶！」鄧豪笑笑。

「哥哥要開始數嘍！一、二、三、四、五、六、七、八、九、十、十一……」

孩子們一臉驚嚇哇一聲全數解散，只剩下鄧稔還站在原地不動。

「十二、十三、十四、十五、十六……鄧稔你還不跑啊？」

鄧稔看看四周，目光又回到哥哥身上。

「要啊……要跑，哥哥不要忘記鬼要轉過去數啊！」鄧稔笑了笑，輕鬆慢慢的跳跳跳走開。

「好～～」鄧豪轉過身趴在牆上，嘴裡繼續數著。

「十七、十八、十九、二十、二一、二二、二三……九六、九七、九八、九九、一百。」

鄧豪再轉回來所有人早都不見蹤影。

「哥哥要開始抓了噢～」

鄧豪笑笑看著四周，開始盡抓鬼的責任。

不到半個小時，六個全數到手。

但是不管怎麼找，翻遍了全家就是找不到鄧稔。

鄧豪從一開始的信心滿滿，到找到最後懷疑鄧稔是不是跑到外面去。

「哥哥～可以不要再找小哥哥了嗎？要吃飯了啦……」小表妹嘴都嘟到可以吊豬肉了。

「蛤！六點半了？」鄧豪吃驚，怎麼可能找了三個半小時，卻找不到自己的弟弟。

鄧豪再看看四周，確實可以找的地方都找遍了啊……

「鄧稔，出來！」鄧豪有點不甘心的說。

「嘻。」鄧稔不知道從哪冒出來，默默的站在鄧豪旁邊笑。

「你剛是不是跑去外面了？」鄧豪看著鄧稔，打死不相信剛才居然怎麼找也找不到。

「我才沒有。」鄧稔信誓旦旦的說。

「那……你剛才到底躲到哪去了？」

「不說。」

「如果你沒有跑到外面，絕對會知道我剛才在哪裡找到大家的吧？」鄧豪聰明的問。

「小表妹在茶几下、二表妹在第三張桌子後面、三表弟躲在窗簾後面、大表弟在米缸裡還被阿姨罵，我還要說下去嗎？」

鄧稔笑笑跑到了擺滿年夜飯的桌子旁，開始期待等一下的大魚大肉。

鄧豪當場傻眼。

從此之後，鄧豪才發現，只要玩躲貓貓的遊戲，絕對沒有人可以抓到鄧稔。

躲貓貓的實力啊……真的能夠派上用場？

＊　＊　＊

凱南高工也不是省油的燈，在戰術上或許不像是威海海專是從地理位置開始下手，但是集結能力卻略勝威海海專一籌。

「人手，是我們最大的籌碼。」日光暖暖曬在大字型躺在草地上的張瑋。

「是啊。」而躺在張瑋身邊則是劉曜華。

「這次到底可以出動多少人？」劉曜華提出在心底已久的問題。

「那……威海海專可以動員多少人呢？」張瑋沒有給劉曜華答案，反而問劉曜華一題。

「我想約二百五十人吧。」依以前的實力，這樣人數也算是很漂亮了。

「是嗎……我猜有三百呢！」張瑋閉上了眼睛，享受草地上清新的味道。

「三百人？」劉曜華默默在心裡盤算了一下，或許不是不可能。

從之前「自願」出動的人數，再上「被動」人數，或許是真的有辦法提升到三百人。

「三百人，似乎不是不可能……」

「是啊，那我們到底可以出到多少人？凱南你也待一陣子了，猜看看。」

劉曜華轉過頭看了張瑋，從張瑋一副閉眼享受的表情上，還真猜不出他心中到底是計劃著什麼。

「我想，總數最少也可以拉到四百到五百人吧。」劉曜華給了張瑋一個想了很久的答案。

「嗯……該怎麼分配這些人呢？」

「我建議從八個方位進入戰區。」

張瑋張開眼睛坐了起來。

「八個方位？」

「東、東南、南、南西、西、西北、北、北東，八個。」

「嗯……好像還不錯，吩咐下去吧。」張瑋站起來，拍拍屁股就要離開。

「我？」劉曜華一把拉住張瑋，懷疑的問。

「是啊，我不是掛軍師的名字嗎？當然動口不動手啊……」

話一說完張瑋就拿著書包離開了校園草皮。

「好一個動口不動手啊，別人家的死不完……」劉曜華站在草皮上，忽然覺得有人靠近，一轉身就看見了小五。

「怎麼樣，有結論了嗎？」只見小五笑呵呵的站在劉曜華的後面。

「靠！你是鬼嗎？」劉曜華大吃一驚。

「當然不是嘍！」小五笑笑回答。

奇怪……小五笑容為什麼看久了越來越賊？

「小五，總共有多少學校會參與？」

「嗯，就目前的統計來看，我們除外有其它五個學校。」

「我們有多少人會出戰？」這數字還真驚人……威海海專到底跟多少學校結仇啊？

「最少一百。」

「嗯……請五個學校各推出一個代表，開個會吧！」

小五這傢伙其實看久就不會讓人有陰森的感覺，但是就是有一種說不出來的……眼熟與怪異。

「沒問題！」小五對劉曜華點點頭，看了一眼遠方五羅剎的其它幾個人，又再轉回來。

「噢，對了！你有聽到威海海專放出來的風聲嗎？」

「什麼風聲？」都這麼大陣仗的決戰了，會放出來什麼樣的風聲啊？

「拳打東、南、西、北；腳踢二開二強！來勢洶洶啊！」說完，小五就朝著其它幾人走去，低頭開始交待每個人的任務。

八個打一個啊？

聽起來威海海專好像逃不了苦戰一場噢？

＊　＊　＊

教室的後陽台上朝天空望過去，夕陽正緩緩滑落。

太陽像打翻了的染缸，四處渲染了紅一塊、橘一塊。

這樣的美景，有一個男人盡收眼底。

「真漂亮……」

這個男人叼著根煙，笑起來有點魅惑人心的感覺；好像多看二眼，就可以跟著他走，去哪裡也都無所謂。

八個學校集結起來，人數上一定相當的可怕，擺明了在人數上我們就先吃虧了，要扭轉優勢需要多準備一點陷阱與道具。

打架不是要人命，為了就是消耗身強體壯又無處發洩的精力。

所以拳拳到肉，招招到位，很重要的！

為的就是擊中對方剎那間肉貼肉、皮膚貼上皮膚的快感。

威海海專裡有一套打架的法則，幾乎學長都會先教。

在體型上佔劣勢，打就要打對地方；在體型上佔優勢，防就要防對地方。

這是一個很簡單的邏輯，不過通常越是簡單的東西要做到好越難；就像蛋炒飯炒得好吃才是最高境界。

打架純屬好玩，真要狠，就一定得要靠兵器。

兵器基本上可以分為二種，太唬爛的槍械我們沒有。

而分為哪二種？

長兵器與短兵器。

長兵器類似像是小武士刀或是鐵鍊。

短兵器則是鐵扁鑽、蝴蝶刀之類。

「龐又德！你在傻笑什麼啊？跟個變態一樣。」張思琦遠遠看著龐又德。

「思琦，妳猜。」

張思琦走到龐又德旁邊，享受著微涼的晚風。

「算了，我沒興趣。找我幹嘛？」自從那天一個人被丟在原地後，張思琦心情就一直好不起來，總是覺得哪裡卡卡得不太舒服。

「決戰的事妳都知道了吧？」就不相信我問不出來。

「是啊。」張思琦心思好像拋到九霄雲外，一點都不專注在這次的決戰上。

「那真是太奇怪了，妳怎麼沒吵著要幫忙？」這小妮子永遠把心情寫在臉上。以往要是遇到要打架或是吵架的事，一定少不了張思琦一份，可是如今她對這次的事情一點興趣都沒有，就真的非常奇怪。

「沒事啦……」

張思琦小臉皺成一團，模樣煞是可憐。

「說啦！」龐又德知道再多拐二下，馬上就會有答案了，張思琦的個性不是藏的住情緒的人。

「就說沒事！」無名火在心裡蔓延。

張思琦心裡煩燥不已，一抬腳就是給後門一記旋踢。

「好啊，那沒事。」龐又德看著思琦，安靜了幾秒，偷偷開始笑了起來。
龐德零星偷笑的聲音，替原本帶點沉重的氣氛注入了新鮮的空氣。
思琦也跟著笑了起來。
「吼唷，你很煩，笑什麼？」張思琦有點不好意思的抓抓頭髮，覺得剛才發脾氣似乎有點困窘。
「快啦，到底什麼事？」龐德知道下一句，他就要得到答案了。
「是舞會那天吧？我見你跟著他們出去，後來發生了什麼事？」接著只要引導她往第一句走……
龐德蹲坐在剛才重傷無辜的門邊，從口袋裡拿出一包發皺的煙盒，從裡面抽出一根彎彎曲曲的長壽煙，湊上了嘴邊點了起來。
「不是那天晚上的事。」張思琦也跟著坐了一下，靠在牆上，抬頭看日幕夜色轉移。
「咦？那就有點出乎我的意料之外了。」賓果！
「反正就是我那天跟劉曜華去速食店，然後他看到在台上跳舞的那個女生……」

「妳說的是吳凌凌嗎？」龐又德覺得有點不太對勁，為什麼劉曜華跟吳凌凌這二個人會互相有交集？

「對！就是她！如果是正常的沒有不可以見人的關係，為什麼要急急忙忙就走？」思琦說到了激動處，起身又再多補了後門一腳。

後門立刻發出碰的一聲，嚇得龐德沒抽完的煙隨手一丟，馬上摀住耳朵。

「哇，這腳不是開玩笑的噢？」

「可惡！」思琦回想起來越覺得不對勁，包括舞會當天，仔細想想，劉曜華根本就什麼都沒有解釋嘛！再加上當天的狀況，所以是把她傻子在耍嘍？

龐德眼看張思琦火氣狂升，拍拍屁股趕快站起來。

「思琦、思琦，你冷靜點。」龐又德看張思琦全身又開始氣到發抖，緊張的抓住她雙臂。

「嗚……」張思琦低頭讓眼淚慢慢滑落，覺得又氣又無奈。

龐又德原本抓住張思琦的雙手，把她一把拉往自己的方向靠。

張思琦順著來自手臂上的力道，跟著前進，撞進道肉牆上。

「？」張思琦雙眼溼潤不解的抬頭看著龐又德。

「……」我可以說嗎？我該說嗎？藏在心裡這麼久的秘密，說出來好嗎？其實喜歡思琦的人不只是有劉曜華一個……

張思琦與龐又德你看我，我看你，卻沒有人說出一句話來破解尷尬的氣氛。

龐又德欲言又止的表情，讓張思琦看得心驚膽跳。

「張思琦你聽好……」用想的什麼事都得不到答案，龐又德決定賭這一把。

「龐德！」張思琦好像能猜測到接下來的話，會讓兩人之間不再是單純的友情。先聲奪人不讓龐又德有機會把話給說完。

「……」龐又德似乎可以感覺到，現在不是下注的時候，到了嘴邊的話就這麼硬生生被張思琦給打斷。

「別說，拜託你，現在什麼都不要說！」張思琦推開了龐又德的懷抱，抬頭看了他一眼。

「你想好賊婆要怎麼行動再跟我說吧！我……我先走了！」

這時候不是讓心煩的事又增加一件的時候吧！

張思琦轉頭就向門廊接通的樓梯跑去，好像再多待一秒就會有不好的事發生。

七

各大學校間，都為了這次戰役而摩拳擦掌著；威海海專在人數上吃了虧便想了很多妙計來補強不足之處；凱南高工在人數統籌與指揮上，下了一番功夫，在不間斷的會議中找出最有利的點，所有人都只有一個目的，勝利。

不過最扯的事莫過於這一件了……

「龐德，你知道嗎？」向來最會收集資料的歷少連聽到了一個連自己都不相信的消息。

「怎麼了？」龐又德對於歷少連的消息從來都沒有起過疑心。

「這……連我自己聽了都覺得可信度很低，但是蠻值得一提的。」說著說著，歷少連自己笑了起來……

「到底是什麼事啊？」對於龐又德歷少連很少賣他關子，一來沒必要、二來也藏不了多久、三常常得要用雙倍自己它買回來……

「聽說，東東商工那……有一群人，練會了降龍十八掌要來參加這次的決鬥。」

龐又德聽完，張大眼睛，有點不可置信的表情。

「所以，江別鶴會不會出來主持大會？丐幫幫主去年也是猜拳猜回來的嗎？」

「哈哈哈哈哈哈哈哈，幹，不要一直用電影梗啦！」歷少連聽完接連幾聲哈哈大笑，笑得上氣不接下氣，龐又德也跟著笑了好久。

「哈哈哈，好啦，所以勒？怎麼會有這麼奇怪的消息傳出來啊？」龐又德笑到眼淚都快流下來，雖然可信度很低，但是講出來笑一下也還真是不錯。

「我也不知道，當初收到這個消息我也先傻了好久。」歷少連挾起桌上的剛端上桌熱騰騰的牛肉麵，吹了吹，吸了一大口麵。

這條牛肉麵街在當時非常非常的有名，除了在中華商場聚集外省人居住外，這裡也居住著許多的外省人，想找最道地的外省口味牛肉麵都在這裡；一間間接連著開，串起一整條街，最興盛時期，小小一條街上約有二到三十間牛肉麵店。

牛肉味飄香四溢，每間攤子桌上還有一盆一盆的酸菜可以隨便加到高興，後面小冰箱裡一碟碟的小菜，有酸黃瓜、雞腳凍、豆乾絲林林總總數十樣清爽的滋味，還可以解解口中吃多了牛肉與麵條的口感，物美價廉的牛肉麵街是學生下課後，填飽肚子聚集打屁、吃飯的好場所。

清一色的牛肉麵街只有唯一間和別人營業不一樣項目的果汁店就是歷少連的家，所以歷少連消息精通靠的就是熙來相往的學生們與牛肉麵店間流傳的話語。

「少連，還記得那件事嗎？」龐又德臉上現在掛著的笑容，不再是剛才刻意說出搞笑的話，所帶起的笑容。而是回憶起了什麼，自然牽起的笑。

龐又德挾起一顆還在冒煙的餃子沾了沾醬油，吹也不吹就直接往嘴裡塞。

「哈！你說劉曜華那件事嗎？」歷少連像是想起了什麼事一樣，也跟提起了嘴角的笑容。

「是啊。」龐又德挾了一大塊歷少連的牛肉就直接往嘴裡塞。

「幹！我的肉啦！」歷少連也不甘示弱的插走一顆龐又德的餃子走。

「怎麼可能忘呢？對我來說可是大恩呢！」

周圍好像漸漸安靜下來，時光回到了專一的那一天。

剛上高一的歷少連在威海海專下課後就會馬上跑回家裡的果汁店幫忙。

「老闆，二杯西瓜牛奶、一杯木瓜牛奶。」

「好！馬上來。」歷少連拿起三個紙杯，個別分開來放，又再拿起半顆去好皮的西瓜涮、涮、涮、涮，西瓜接連掉落在果汁機裡，木瓜也是涮、涮、涮、涮就去皮、去籽、切塊擺放在另一台果汁機裡，拿起牛奶各別加完，蓋上蓋子動作之快，不到三分鐘三杯果汁已經找完錢客人拿在手上喝了。

「老闆，我要西瓜汁~」滿臉橫肉的中年男子左手臂勾了個年輕漂亮的成熟女人，右手牽了個小男孩，走到果汁舖前說。

「是！大哥坐一下吼，馬上來噢！」歷少連有禮貌的和大哥打完招呼後，接著用牙籤插了一小塊西瓜，遞給中年男子牽的小男孩。

「弟弟來，這個西瓜哥哥請你吃。」

「謝謝哥哥。」小男孩興高采烈的接過西瓜後，如獲珍寶般小口小口邊吸邊咬手上的西瓜。

歷少連與歷爸爸在店裡忙得不可開交。歷家果汁舖在牛肉麵街裡是唯一一間賣果汁的店，所以無謂是在夏天或是冬天生意都一樣好，常常到了店裡，制服都來不及脫，袖子捲起來就開始幫忙。

來自四面八方的客人，讓環境也顯得稍微有點複雜。

在國三時，歷少連跟爸爸談了很久，歷爸爸才准許他到店裡幫忙。到了店裡，歷爸爸嚴格規定歷少連不能與其它攤販之間的老闆與店員有什麼交集，只要歷少連專心做好自己的事就好。

在外省人軍事化教育下長大的歷少連，自然對歷爸爸的話毫無疑問的照做，也從不惹什麼奇怪的事回家。

店裡其它一切全都是靠歷爸爸在打點。

「歷爸爸好！」

歷少連轉身一看，發現是龐又德開心的笑了笑。

「你好啊！龐德，要喝什麼嗎？歷爸爸請客。」歷爸爸濃厚的山東口音，要不是常常到歷家店裡來，龐又德還真的是聽不太懂呢。

還背著書包的龐又德熟稔的把自己的東西放到層板後面的架子裡，捲起袖子就收起放在桌上的空杯子。

「好啊！來杯苦瓜、鳳梨、水蜜桃加一杯檸檬汁！」

歷爸爸聽完呵呵笑笑直搖頭。

「你這孩子怎麼老喝這種奇怪的東西啊？等下歷爸爸一有空就幫你做啊！」說完歷爸爸又轉身回去忙自己的事情。

龐又德調皮的拍了一下歷少連的屁股。

「幹，今天怎麼有空來？」

「沒啊，在我家太無聊了，還不如來你家玩一下。」

二人手都沒閒著忙著準備下一又波客人而準備著。

「少來，家裡沒事吧？」歷少連很明白，在龐又德一貫的笑容背後，其實隱藏很多不想、不願、不能與別人說的事。

「不要提了。」龐又德原本燦爛的笑容，立刻變得像是烏雲密佈般臉色暗淡了下來。

這個年代裡，每個家庭都過得挺辛苦，多數家庭薪資來源靠的都是勞力血汗。每每提到家裡的事，就很容易讓人心情立刻沉重起來，不是家裡父母感情失和，就是太多阿姨冒出來爭、家裡貧困潦倒、大小問題層出不窮。

歷少連看著龐又德心裡突然有點酸酸澀澀的，希望能夠幫上什麼忙……偏偏家家有本難唸的經，最難處理的就是家務事。

其實歷少連與龐又德也都不知道從什麼時候開始變得這麼熟悉。

大概是從剛開學時認識了對方就覺得很聊得來，還不想回家的龐又德拉著歷少連走到牛肉麵街，硬吵著要吃一碗麵才肯走人。

歷少連默默走到了自己家攤位，叫龐又德要吃麵自己叫來吃，他要先忙了。

龐又德當場傻在原地，想也沒想到今天才認識的新同學，家裡居然是在牛肉麵街做生意的。

時間久了，龐又德漸漸和歷爸爸也熟了起來。

「海專的，我要十五杯西瓜汁。」

這麼一叫，讓歷少連與龐又德都傻眼，什麼叫做「海專的」？也太瞧不起人了吧？

眼前這個男人，一雙桃花眼，眼尾向上拉，在剛毅之中帶點媚，樣子讓人看了都覺得不太舒服。

桃花眼後面跟著不少人，看來，這個眼帶桃花的男人，是個頭頭吧？

歷少連仔細看了看那群人身上的制服，凱南高工。

好耳熟噢……

似乎在什地方聽過的感覺……

雖然腦袋裡有很多事情在跑，但手卻沒有閒下來一杯接著一杯的西瓜汁正在完成中。

「大家都知道威海海專與凱南高工從以前到現在一直都是世敵吧？這就是威海海專的制服，以後見一個就要打一個啊！」桃花眼男學生對著後面幾個小嘍囉吩咐著。

「是，宇浩哥！

「知道了，宇浩哥！」

從其它人畢恭畢敬態度看起來，左一聲宇浩哥、右一聲宇浩哥的叫，這個叫宇浩哥地位還真不小。

但在對於在一邊的威海海專學生耳裡，聽起來怎麼會舒服。

「這傢伙太不尊重人了吧？」龐又德皺起眉頭，臉上帶著些許不悅。

「別鬧，我爸在呢……」歷少連用喃喃自語自語般的聲調，故意只說給龐又德聽，希望龐又德可以冷靜下來。

黃宇浩聲音放這麼大聲，十幾個人都聽得清楚了，更何況站在不遠處的歷爸爸。歷爸爸看到這個狀況，連忙緊盯著看兒子，正是血氣方剛的年齡，深怕會出什麼差錯。

「我當然知道，不然西瓜早就飛他臉上了，長得這麼噁心。」龐又德硬是壓住心中不快，只能和歷少連小聲的，你一句我一句。

「你們二個吱吱喳喳什麼啊？動作快一點，口很渴了！」黃宇浩仗著自己人多，說話越來越大聲。

「這位客人十五杯快好嘍，麻煩再稍等一下。」歷少連不虧是跟著爸親做生意的孩子，還是陪著笑臉說話。

龐又德的臉色則是越來越臭，一臉大便樣。

一群人站在果汁店門口，又是抽煙又是罵髒話，原本要靠過來買果汁的客人看到這番景象接二連三走的走，閃的閃。

龐又德看不下去，便走過去和他們說。

「不好意思，我們還有其它客人的生意，可以麻煩各位往邊邊讓一下嗎？十五杯西瓜汁快好了。」

「噢、噢！不好意思，我們馬上讓開噢～」黃宇浩走了一步，故意踢了一下擺放在攤子旁邊桌子，桌子跟椅子之間發出了碰撞的聲音，黃宇浩馬上又再多補了一腳，桌子與椅子一張接一張倒在地上。

凱南的學生看了一起哈哈大笑。

「媽的……」龐又德正要走上前去討回一口氣時，被歷少連拉住。

「黃宇浩啊！沒有必要這樣講話吧你！」看到有一個男學生，身穿海專的制服。

黃宇浩轉頭看見一直以來的死對頭，正坐在對面的小陳牛肉麵攤吃麵。

「劉曜華，你沒必要連這也要跟來吧？跟屁蟲，怎麼不乾脆轉學到凱南高工？我可以罩你啊？哈哈哈哈哈。」

其它凱南高工的學生雖然不是很清楚是怎麼樣的狀況，但大哥笑了，小弟豈有不跟著笑的道理？

「哈哈哈哈哈。」

不明所以卻跟著大哥笑聲此起彼落起伏，從十幾個人口中發出，還真有點尷尬。

因為學區的關係，黃宇浩跟跟劉曜華家裡住的近，所以經常在同一間學校就讀，甚至是同一間教室。

二人就像是天敵，怎麼看都不覺得對方順眼過。

不是劉曜華忙著找黃宇浩麻煩，就是黃宇浩找劉曜華碴。

「真這麼好笑啊？」劉曜華剛下課想說先過來吃個牛肉麵，湊巧看到班上的同學被一句一句尻洗（台）跟奚落，不過因為家裡生意因素不好發難，心裡就覺得不痛快。

眾人聽到劉曜華說了這句話，原本就只是尷尬跟著笑，現在連假笑都笑不出來。

「保鏢都沒跟出來還敢這麼囂張啊？」黃宇浩從小到大也找過不少次劉曜華的麻煩，也被劉曜華的保鏢教訓過了幾次，總覺得很不是滋味。

「不在就等於沒有啊？」劉曜華聽完笑了笑，繼續吃著他香噴噴的牛肉麵。

「你……」黃宇浩想起被保鏢打得最慘的那次，還在家躲了好幾天不敢出門，要不是爸爸有點後台，黃宇浩是真的別想在北區混了。

黃宇浩左看右看，臉色一陣青一陣白，到處不見劉家招牌的黑衣人，但是……如果有個萬一，也真的很難講，更何況今天還帶了這麼多人來，要是真的丟了面子，那可是丟大了。

跟在黃宇浩身後的小弟，見原本大哥意氣風發，四處找人發難，而現在只因為對方幾句話，就嚇得像隻乖貓，個個心裡覺得宇浩哥似乎地位值得更替一下，聽說學校裡還有另一位軍師名氣也挺大的？改天跟去看看好了。

就在劉曜華跟黃宇浩打哈哈之間，歷少連與龐又德快手快腳的把十五杯西瓜汁擺好放在桌前。

「不好意思，你們的西瓜汁都好嘍！」歷少連客氣的和黃宇浩等人說。

劉曜華聽到這句話時剛好把碗裡的麵吃個精光，站起來擦擦嘴，穿越黃宇浩等人，走到歷少連面前，把十五杯西瓜汁的單都買下，拿起一杯轉身便說。

「今天算我請客吧，宇浩哥，快叫你的人拿了西瓜汁走吧。」

劉曜華說完轉身就往街口的方向離去。

留下了站在原地傻眼的所有人。

「劉曜華這傢伙當天好像真的還蠻帥氣的啊？讓黃宇浩吃了個大鱉。」龐又德從回憶裡回到現實。

「是啊，你知道嗎？後來我問劉曜華，他居然跟我說，其實他那天是把保鏢都甩掉，自己一個人到牛肉麵街來吃麵。」

歷少連又開始發揮他收集情報的功力，把當天結束後，問到的答案等到了適當的時間才又提起。

「真的假的啊！就算當天我們三個打他們十五個，還真的是沒把握耶！」

龐又德再一次被歷少連所爆料出來的消息大吃一驚。

「是啊，他就是賭了黃宇浩絕對不敢動他一根毛啊……哈哈哈哈。」

八

是夜，熱鬧的街上車水馬龍，夜晚的燈火照耀。

嬌小的身影穿梭大街小巷，一路狂奔。

到底是怎麼回事？

到底他媽的怎麼回事？

為什麼龐又德會突然抱住我？

雜亂的想法完全沒有頭緒。

每當張思琦心煩意亂的時候就想要跑步，每跑一步就好像能夠多釐清一分煩惱。

只可惜，這次不是靠跑跑步就能夠想清楚。

「靠！」

一個閃避不及，張思琦撞上了迎面而來的人。

「好痛。」對方摸摸自己渾圓嬌嫩的小屁股。

「妳有沒有在看路啊？」張思琦一抬頭，發現對方居然是吳凌凌。

「明明就是妳先撞上我的啊！」吳凌凌大眼裡噙著淚水，我見猶憐可人兒的模樣，要是對方是男的可能賠上家產也不希望淚珠真的滑落下來。

「嘖！」搞什麼！吳凌凌看起來一副可憐兮兮的樣子，想罵也罵不出口。

「原來是妳啊。」吳凌凌站起來拍拍自己身上，查看美腿上有沒有傷口，從小哥哥就交待吳凌凌，女孩子家絕對不要在身上留下任何的疤痕。

「妳知道我是誰？」張思琦倒是驚訝了一下，吳凌凌這種嬌滴滴的女孩子，從來也不跟著參與任何戰役，怎麼會知道自己是誰。

「知道啊，拜託，妳是威海海專的張思琦吧？」吳凌凌一副怕對方不相信真的知道就先報出了姓名與身份。

「吳凌凌，妳怎麼會知道？」

張思琦的回話也嚇了吳凌凌一跳，張思琦又是怎麼知道的？

「那妳又怎麼知道我是誰？」吳凌凌保護自己的心態逐漸升起。

張思琦翻了個白眼問。

「我們到底要玩你是誰我是誰怎麼知道這種遊戲多久？」其實張思琦對

吳凌凌一開始並沒有什麼反感，感覺只有吳凌凌是個嬌滴滴碰一下就壞掉的校花。

但是自從上次看到她與劉曜華熱舞，又因為看見她劉曜華把她丟在速食店就自顧自的逃跑，心裡覺得真不舒服。

「呃……」面對張思琦突然其來的一問，吳凌凌當場囧掉，不知道要如何回答她的問題。

「妳應該不會打架吧？」如果會的話就太好了……

「怎麼可能會！女孩子家不應該學這個吧！」吳凌凌馬上端出乖乖牌好女孩的架子。

對啊，女孩子應該像妳一樣，學學怎麼搔首弄姿才對。這個念頭一衝出來，張思琦嚇了自已一跳，咦，我怎麼會想這麼尖酸刻薄的話，還好沒真的講出口。

「對啊對啊對啊……」看來是無話可說了，我還是跑步去比較實在。

當張思琦又再看了吳凌凌一眼，發現吳凌凌真的長得很漂亮，標準的校花美女，真的要比起來，各校大花小花張思琦也都「帶」到舞會去過，但是真的像吳凌凌一樣又白又有氣質，還真的一個都沒有。

張思琦從頭到腳打量了一番吳凌凌，長直髮、水潤的大眼睛、微嘟的紅唇，雖不像陳琳身材那麼豐潤姣好，但是也是要胸有胸，修長的腰身、平坦的小腹、白若紙張，要是像那天故意的展現自己，還蠻有氣質的……再低頭看看自己，矮冬瓜一顆，從上到下一片平坦，皮膚也因為自己愛運動泛著古銅色澤，光是傷疤這項就被吳凌凌給比下去了吧？

吳凌凌感受到張思琦上下打量的眼神，覺得混身不對勁。

不過有了這個好機會，是不是該打聽一下有關於他的事……

「不好意思，我想要跟你打聽一個人……」吳凌凌羞澀的開口問。

「誰？」張思琦很好奇，在這種關鍵時刻，凱南高工的人會想到打聽威海海專裡的誰。是想找我打聽劉曜華吧?!

「龐又德。」

「蛤？」她……她是不是搞錯名字？不可能啊，光是轉學過去這一件事，就夠打響劉曜華的名字，不會跟別人搞混吧！

「威海海專的龐又德。」真的說出他的名字了！從來沒向任何人坦開心胸說出這個秘密。

吳凌凌表情十分認真的問，看起來一點也不像是會說錯名字。

「妳，有沒有問錯名字？龐德？」張思琦還是不太相信自己的耳朵。

「對，就是他，威海海專龐又德，綽號龐德。」吳凌凌下定了決心一定要問到張思琦。

「妳想知道他的什麼事？」張思琦此刻好奇心早就大於吃醋的心。突然覺得這一撞立刻變得有趣了起來。

「他……有女朋友嗎？」吳凌凌話剛說完，紅暈馬上佈滿整張小臉，紅得像顆熟透了的草莓。

「龐德嘛？讓我想想噢！」張思琦貪玩的心被勾了起來。決定要耍耍吳凌凌。

「蛤？」什麼樣的人會需要用想想這種字眼啊？有就是有沒有就是沒有了吧……

「我想先知道，妳為什麼會好奇龐德的事？」張思琦饒富興味的看著吳凌凌。

「也沒有什麼啦……」吳凌凌感覺好像讓人瞬間看穿，覺得十分不自在。

「那就不重要了嘛！我先走嘍！」張思琦轉身就要往外方向跑去，期待吳凌凌會叫她回頭。

果不其然……

「張思琦，拜託妳跟我說好嗎？」吳凌凌難得有機會向人打聽，又鼓起一百分的勇氣提出問題，不想就此讓這個機會溜掉，大膽的開了口請求張思琦留下。

「哈哈！」張思琦原本就只是想要逗逗吳凌凌，根本就沒有打算真的要離開，這千載難逢可以得到大八卦的機會，怎麼可能就此就讓它溜走。

這個大八卦，恐怕連歷少連都不會知道吧……嘻嘻嘻嘻嘻……

「跟我來吧！」張思琦站著站著覺得腳有點酸，找了個地方坐下要跟吳凌凌好好「聊聊」。

吳凌凌看著張思琦坐在公車站牌的椅子上，也跟著順勢坐了下來，今天應該可以知道答案吧？

「我先問妳，為什麼那天拼命往劉曜華身上磨蹭？」張思琦打算在幫吳凌凌揭曉謎底前，先把自己的問題問完。

吳淩淩只是紅著一張臉，什麼話也說不出。

「妳不說？我走了」張思琦又作勢要起身，但這次不一樣的是吳淩淩沒有再開口挽留。

等張思琦往前走了二步，還是沒有聽到吳淩淩的挽留聲。

不行！怎麼可以這樣就讓機會從手上溜走！

張思琦默默又走回椅子前，坐了下來。

原本以為張思琦走定了的吳淩淩，驚訝了一下。

「妳……？」

「別妳妳妳、我我我，我再給你一次機會，想清楚就回答我吧！」張思琦從小跟在父親身邊，也學習不少談判時會派上用場的手段。

「我……只是想要多吸引龐又德的目光，不過後來聽我哥哥說，我當天真的太過火了，這樣很容易被別人認為，是個隨便的女孩子。」吳淩淩說著說著，好似真的深覺後悔不已。

「蛤！」怎麼會……有這麼笨的女生？居然會在別的男生身上熱舞去吸引另一個人？

「那晚我喝得有多，然後又被拱到台上去，雖然我是和劉曜華互動，但我眼裡、心裡想的都是龐又德……」

說到這裡，後悔讓眼淚又迅速佔滿了眼眶。

「好！妳千萬別哭，妳哭我真的走嘍！不會回頭的！」張思琦最怕的就是看到哭哭啼啼的女生了。

「我不會哭啦。」吳凌凌故作堅強吸了吸鼻子，深深害怕眼淚真的掉下來張思琦轉頭就走。

如果說吳凌凌的目標是龐又德，那為什麼那天在速食店劉曜華看到吳凌凌就突然走掉了呢？還是我真的誤會了什麼……龐又德那天反常的反應，又想要表達什麼？

「啊!!真的好煩噢!!」張思琦耐不住性子又開始煩躁了起來。

「思琦在煩惱什麼呢？」吳凌凌的關心從眼神就能一覽無遺。

「妳叫我什麼？」什麼時候我們這麼熟了？

「思琦啊，我可以這樣叫你吧？」吳凌凌甜甜的笑容裡，讓人很難拒絕她。

「隨便妳啦！」讓張思琦煩惱的事就夠多了，隨便吳凌凌愛怎麼叫就怎麼叫吧！哎，原本想剩這次機會把事情釐清，殊不知怎麼會越變越煩惱呢？

張思琦從椅子上站起來，太多事壓得她喘不過氣來，準備再去和體力大戰一回合，跑回家吧！

「思琦！」才剛走出第一步，吳凌凌就叫住張思琦。

「呃，對吼，不好意思耶！都忘了妳還在，我先走嘍！拜！」沒和人家打招呼就走掉真的是很沒禮貌的一件事！

「龐又德他到底有沒有女朋友啊？」吳凌凌怕張思琦真的就這樣跑走了，緊張得幾乎是用喊的喊出來她未得到解答的疑問。

「噢，對吼！我都還沒有回答妳，他沒有女朋友啦！」張思琦話才剛說完，完全不給吳凌凌再提問的機會，馬上開始第一步飛也似的跑走。

「那……他有沒有喜歡的人啊？」吳凌凌果然還有第二個問題，但是這個問題，現在的張思琦恐怕沒有辦法回答她。

一路狂奔回家的路上，張思琦除了喘氣連連，什麼都沒有得到解答。

「哎……」

喘完氣的張思琦還是嘆了口氣。
「一直嘆氣會老得快噢！」陳琳突然從後面走出來，點了一下張思琦的肩膀。
「靠！妳嚇死我了！妳怎麼會在這？」張思琦吃了一驚轉頭過去看了一眼陳琳。
「呃，那、那個散步呀……」陳琳眼神裡有點閃爍，回答帶點遲疑。
「妳少來了，妳家散步到我家來會不會太遠了點？」張思琦家到陳琳家距離最少也要走個一、二小時。
「其實，我是來找妳的。」這真的是陳琳的來意嗎？
「怎麼了嗎？」單純的張思琦當然不會想太多。
「妳最近，煩惱的事情很多吧？」陳琳貼心的問候在學校裡最親密的好朋友。
「進來再說吧。」
走進張思琦家，這棟古老日式建築，其實陳琳並不陌生。
跟著蜿蜒的道路繞到了張思琦的房間。

映入眼簾的不是甜美女孩風格，而是黑白二色強烈對比裝潢。

「妳房間也跟妳家風格太不符合了吧……」陳琳感覺上一秒還在《藝妓回憶錄》，下一秒馬上覺得有人出來跟她yoyoyo也不驚訝。

「我老頭喜歡什麼跟我喜歡什麼並沒有什麼關聯性對吧？」張思琦頑皮的對著陳琳說。

「是啊，的確是沒有什麼關聯……」陳琳被張思琦的淘氣逗得笑了起來。

張思琦的古靈精怪個性和日式傳統教育也的確是沒有什麼關聯性。

「陳琳，我好煩惱啊……」張思琦大字型躺在房間地板上一點女孩子的矜持都沒有，但這就是張思琦。

「妳最近到底怎麼了？」

「妳知道嗎！上次我和劉曜華出去，結果他居然把我一個人丟在速食店就跑了……」

張思琦一五一十把最近所有奇怪的事一股腦抱怨說給陳琳聽。

「那……妳為什麼不說喜歡他？」

「我不知道……直覺告訴我，不要說」

「……那龐德呢？妳對他是什麼樣的心情？」

「好朋友。」雖然不知道為什麼無法坦率對劉曜華表示喜歡，但並不表示她不清楚自己的心意。

「嗯……都分得清楚就好。」

「我好想念以前大家玩在一起的時候。」張思琦一臉哀怨。

「但是都不一樣了，也不可能回去了，不是嗎？」陳琳溫柔撫去了張思琦心中的不快。

「是啊……全都不一樣了。」

張思琦呆呆盯著天花板看。

＊　＊　＊

不堪的往事被放置在潘朵拉的秘盒裡，深深埋葬回憶最深處。別整天想挖掘、窺視別人的，也別妄想自己的有天會突然消逝。

鈴鈴鈴鈴鈴，電話聲劃破原本安靜的訓導處。

鐵頭抬頭看看時鐘，依他長久的教官經驗看來，這個時間電話響起，壞事多於好事。

「威海海專訓導處。」鐵頭熟稔接起辦公室電話。

「城中分局，學長好！」電話另頭，響起一道熟悉的聲音。

威海海專學生時常打架鬧事，三天二頭鬧進警局也是家常便飯，教官與北區各個警員也都一回生、二回熟。其實不光只是威海海專，榜上有名的也還有許許多多的學校，例如凱南高工。

「嗯，有什麼事嗎？」分局？果然不是好事啊……

「那個……學長不好意思，這麼早就要告訴您一個壞消息。」

「我們學校的學生又惹麻煩了吧？」

「呃，事實上，這次需要請您過來分局一趟，局長正在等著您。」

「好，我知道了，煩請幫我轉告局長，中午我會過去一趟。」這次還需要跑一趟分局，看來上次協商的事有個定數了。

「是，我會通知局長，謝謝學長抽空前來！」城中分局的警員道過謝後隨即掛上了電話。

鐵頭把電話放回原本的位置後，從教官椅站起身來，做了個深呼吸。

隨身攜帶的東西拿一拿便走出了訓導處。

中午還不到，鐵頭人就出現在城中分局。

「不好意思，我是威海海專教官，今天與局長在中午有個約。」鐵頭客氣的向櫃台的員警表明身份與來意。

「您好，稍等一下，馬上幫你通知局長。」員警馬上拿起櫃台上的電話，撥了分機告知局長訪客已經到了。

「這邊請，局長室在……」

員警話都還沒有說完，鐵頭已經往局長室的方向走去。

局長室擺設簡單，只有一張局長辦公桌與招呼客人的沙發區，除此之外，沒有半點私人用品，由此可見，此處局長是個什麼事都以簡單快速為主的人。

「王局長，近日可好？」鐵頭雖不習慣與人說長道短，但是基本的招呼還是不免俗的需要幾句。

「鐵頭別客套了。」王局長笑笑從辦公桌起身走到了沙發區，伸手示意鐵頭一起坐下。

「是上次討論的事有個著落了嗎？」

「是啊，我先說昨天發生了什麼事吧！」

「好的。」鐵頭有禮貌的回應王局長的話。

「昨天，凱南商工向我們報了案，說威海海專的學生打人，而動手的人是貴校學生劉曜華。」說到這裡，王區長拿起茶葉開始燒起熱水。

「嗯，從上次會議後，我跟他說過，找個機會，把自己給轉走，到凱南高工去做內應。」

「難怪，我正在想動作怎麼會這麼快，我們才剛有個結論……」

水燒開了，王局長忙著準備泡杯好茶，招待鐵頭。

「是啊，這個學生快畢業了，事情再不快點解決，只怕夜長夢多。」

「所以他都明白這所有的狀況了嗎？」

「嗯，大概上我都向他說明了。」

「那家人那邊的反應呢？轉學不是件小事吧！」

「都處理好了，局長無需擔憂。」鐵頭低頭看了看王局長的腳踝，看到了當初陪伴他許多日子的胎記。

「是嗎？請你的學生有狀況隨時向我們通報。」

「嗯，我知道。」鐵頭抬起頭，強迫自己不要看向王局長的胎記。

「聽說，不久後，會有人煽動一場大規模的集體械鬥。各個學校裡最有名氣的除了你們威海海專就是凱南高工了……所以這是必需的。」王局長語重心長的說。

「是啊，這一切我們都很明白了。」

「兩校中這屆學生後台最硬除了張家外，再來就是黃家接著就是劉家……調派劉家的學生真的沒問題嗎？」王局長希望佈局千萬不要有意外，不然這次的計畫就全盤功虧一簣。

「劉曜華的爸爸曾經有一次黑金交易的記碌，當時是我強壓下來，劉家才有現在的規模，而那筆黑金記錄到現在都還沒有過追訴期，所以沒問題的。」鐵頭對此非常有把握。

「嗯，有把柄在手上那就好……」王局長聽到鐵頭這句話就安心多了。

一個腳上有胎記的局長和一個面無表情的教官，二人正在策畫一場調派學生做內應的計劃。

＊　＊　＊

龍督冰店裡，唯一一張八人座桌椅被一群穿著制服的學生佔據。

劉曜華和小五以及其它各校所推選出來的帶頭人選坐在冰店，開始討論進攻的路線和相關事宜，例如武器該準備哪些，又要做好哪些防範，既然都開始，就沒有退縮的理由了。

決定出來八條路線，位置圖與時間差每一項都被大伙算得精神，八打一輸了就真的很難看。

＊　＊　＊

最不該知道消息的警方，從線人與各校之間流傳的話語中掌握了蛛絲馬跡，也得知五月三十一日決戰之事。

決定動員五組人馬，分別是由校外生活指導委員會、城中警察分局、少年隊、保安警察以及制服武裝憲兵，控制戰區，加入戰局。

＊　＊　＊

「鄧豪，場地勘查得怎麼樣了？」

「進入中華商場的方法真的有太多種了，唯一的方法就是得要分散投資。」鄧豪不避諱的直接說出自己的看法，在坐所有人也都聽得連連點頭。

「少連，我們舉辦舞會開始到現在，手頭上金源應該蠻多的吧？」龐又德突然想到一招妙計，絕對讓所有人都措手不及。

「嗯，是有不少，要拿來增添武器嗎？」歷少連看得龐又德詭異的笑容，猜不出葫蘆裡到底賣甚麼關子。

「國洋，你家運一趟船運大概要多久時間？」龐又德沒有正面回應歷少連的問題，但也沒有否認。

「看什麼東西吧，如果不是太麻煩的，頂多三到五天，要是麻煩一點的東西，可能要一個禮拜到半個月不等。」游國洋思考著。

「給你一個禮拜，我要……」龐又德湊過去游國洋的耳邊，旁邊得人完全聽不見他們倆人的對話。

「蛤！」游國洋聽完，驚訝到嘴都闔不上，活像是下巴掉到了地上。

「別驚訝，估個時間與金錢給我。」龐又德勝券在握的表情，在場從來沒有人質疑過他的決定。

「龐又德！你快點說，到底是什麼東西！」唯一會對著龐又德大呼小叫的，也只有張思琦了。

自從上次那件事情過後，張思琦就一直迴避著龐又德，儘量想辦法不與龐又德單獨相處。

龐又德自己也明白，那天的動作，是真的嚇到張思琦了。

「思琦，給妳一個任務……」龐又德也靠上了張思琦的耳邊，對她耳語了幾句。

只見張思琦眼睛越張越大，也是一副下巴掉到地上的表情。

「我知道了，這下真的太有趣了！」張思琦摩拳擦掌的模樣，逗得龐又德大笑了幾聲。

「真是期待五月三十一日啊……」龐又德靠在椅背上，衷心期待那天的到來。

眼看問一天接一天越來越接近，各懷鬼胎的學生們，是凱南高工準備齊全，能夠一舉拿下？還是威海海專戰術運用成功，小蝦米力搏大鯨魚？又或者所有學生們吃力不討好，根本無法展開這次的聖戰，全被警方優先控制住？

三方人馬，準備就戰鬥位置。

所有答案，都只能等到五月三十一日才能揭曉。

九

故事的開端要從多久遠開始算起？是凱南高工先挑起戰火下的毒手？還是威海海專先踩了地盤越了界？凱南高工人好像是天生的武鬥家，看到有架不打就混身不對勁；而威海海專人被稱之為海盜也不是叫假的，如果誰敢來強壓，那就是自找死路。

時間終於來到關鍵的五月三十日。

「哈哈哈哈哈哈哈哈！游國洋還真有你的!!」龐又德站在威海海專門口得意的大笑。

游國洋不好意思的抓了抓頭，這幾天他找盡了所有方法才弄來了數量這麼驚人的車陣。

「龐又德……難道這就是你那天跟游國洋要的東西……？」連鄧豪、歷少連等人也全都傻眼。

因為知道這件事的只有龐又德與游國洋二個。

前來集合的威海海專學生全數傻眼，怎麼可能？沒看錯吧……

眼前放置了三、百、台偉士牌機車。

「各位威海海專的海盜們……坐上你們的戰船，讓我們狂傲的去掠奪吧！」龐又德坐上唯一一台顏色不一樣的黑色偉士牌，揚長而去。

眾人們跟進紛紛跨坐上牌士牌。

三百台、三百台、三百台偉士牌浩浩蕩蕩往目的地移動!!

如此大陣仗，催動油門引擎一前一後所發出來的咆哮聲，像海浪一波接一波在怒吼般氣勢磅礴。

威海海專一共兵分四路。

龐又德帶領一群海盜從東面進攻前往中華商場的路上，海盜們發現有點不對勁，如此大陣仗的戰役都騎到了衡陽路為什麼還這麼平靜？

就像是暴風雨前的寧靜……令人不寒而慄。

「幹！有東東的人！」海盜們抄起藏在車上的武器。

可是每一台的武器都得靠點運氣，出發時大家都忘我的跨上車子，沒有人先看過自己到底放置了什麼樣的武器。

東東的學生也注意到海盜們穿起了自家的戰袍表示對這次戰役的尊重。長長的黑大衣在偉士牌上迎風拍打，氣勢驚人，一時之間所有參與戰役的學生與路上行人都看傻眼。

啪！雞蛋殼遇上了東東學生的頭，應聲破裂……

「哈哈哈哈哈哈，我們抽到雞蛋！」海盜們邊狂速急飆偉士牌邊丟雞蛋。

一顆接一顆猶如細雨不停砸落。

「幹！有種你下車！」被雞蛋砸到的學生跑也跑不贏，逃也逃不掉，只能站在原地與車上的人叫囂。

「靠北！為什麼我們抽到地瓜葉？這可以幹嘛啦？」另一名海盜看隊友雞蛋丟得很爽，連忙查看自己的武器居然是青菜，臉色也變得跟青菜一樣脆綠。只好跟在雞蛋車後面丟地瓜葉，順著雞蛋的黏液把綠葉貼上去。

其它海盜看了全都大笑，畫面實在顯得太詭異。

雞蛋與青菜，成了最佳拍檔。

行經北門的歷少連與海盜們遇到了……

「警察!!」不知道是哪台偉士牌海盜先發現了警察的身影大喊了起來。

閃亮的紅、白燈不停交錯，刺眼燈光跟在車陣後面。

車上帶著武器的偉士牌不停變換車道，有些催動油門不顧一切往目的地衝，有些鑽進小巷，只怕被警察攔截下來，個個都害怕自己出師未捷身先死無法參與這次戰役。

「媽的，快找武器。」

「靠！為什麼我是乒乓球？」這台海盜車上載了二大箱的紙箱，還以為體積大就吃香，殊不知只是二大箱的乒乓球。

只好沿路亂灑阻擾警察，護送其它隊友到中華商場。

另一名海盜也加入了護送的行列。

「哈哈哈哈哈，我抽到玻璃瓶。」原本以為是爛武器，玻璃瓶反倒這時候加強了阻擋警察追逐功用。

「機拜咧，哈哈哈哈哈，我抽到生肉塊！」另一名海盜單手拿著生肉塊，往下車攔截的員警身上拍打。

忠孝西路進入北門，偉士牌海盜們呼嘯而過後沿路只剩下一片狼藉。

由游國洋率隊從西邊進攻成都路的車隊沒有遭遇到警察的圍捕，也沒有遇到其它學生的學生，全數皆平安到達中華商場。

一行海盜看著中華商場西邊門口有雄赳赳氣昂昂的武裝憲兵守著，再看看同伴。

挖了挖車上載著武器……

「人皮燈籠？靠腰噢……」一名海盜看完自己的武器只想大哭一場。

「幹！我是一套女裝！你的是什麼？」抽到女裝的海盜看看隔壁期待拿到更好的武器。

「我……抽到柯四海的抗議牌……跟麥克筆一支。」再看看別人拿到什麼。

「好吧，只好這樣了！」突然有個海盜出聲有了靈感。

其它爛武器的海盜們全都看著他。

咦，我是要小兵立大功了嗎？

這名海盜突然有點洋洋得意了起來……

不出幾分鐘，這名海盜穿著女裝、提著人皮燈籠拿著抗議牌上面寫著**「同性戀無罪」**往憲兵隊走去。

憲兵隊看到此人全都傻眼，現在是什麼情形？

「呃……小蓮昨天託夢跟我說，**同性戀有理、同性戀要合法、同性戀也是人。**」女裝海盜突然原地語無倫次亂吼亂叫了起來。

「小姐，請您快點離開這裡！」憲兵還真的被他成功轉移了注意力。

「啊～～我不管，我要放人皮燈籠裡的小蓮出來跟你們說～～～」女裝海盜跟發了瘋似的又吼叫的更加大聲。

路人開始圍觀看著這個奇怪的人，越圍越大圈，造成人潮堵塞，武裝憲兵一個接一個離開了原本的崗位，勸阻女裝海盜離開這裡。

「好機會！」其它海盜看他吸引開了憲兵的注意力，接二連三的混入一級戰區……

鄧豪與鄧稔帶隊從南邊行經中華路二段進入戰區的海盜們，遇上了凱南高工與強南商工的強大兵力，頓時陷入苦戰。

「他媽的，今天我們就來個大混戰吧！」鄧豪對海盜們大喊。自己首當其衝跳下偉士牌，一拳就先撂倒強南商工的學生。

許多名海盜跳下偉士牌開始肉搏混戰。

即使是肉搏戰人數較少的海盜也不見得打輸，學校體能訓練讓威海海專的學生們原可以以一抵五，雖然膠著，也不見得氣勢被壓下去。

正當海盜和二間學校的人馬打得不可開交時，出現了五個人。

這五個人，好似踏浪而來氣勢不亞於打得火熱的海盜們。

「啊……是凱南五羅剎!!」鄧豪馬上認出這五個人的身份。

傳說中凱南五羅剎的故事當然不會只在凱南高工流傳，只要稍有在注意的學生，沒有人沒聽過他們一戰成名的故事。

五羅剎一出現馬上如火燒乾草般助長了凱南高工與強南商工的氣勢。

混戰中，海盜開始往中華商場的方向跑去。

從南面進攻的海盜們硬是被削減了一半以上的人力。

鄧稔早已偷偷騎著鄧豪剛跳下的偉士牌先往中華商場的方向騎去。

這場湧入幾百人混戰的決戰，在中華商場四周揭開序幕。

＊　＊　＊

王局長與鐵頭站在中華商場最頂樓，遠眺中華商場周遭開始騷動連連，很顯然學生們開始進入這裡了……

「鐵頭，你的消息正確嗎？這次真的能揪出那隻老狐狸？」王局長依然像坐在自家辦公室泡茶品茗。

「局長放心吧！這次的大規模械鬥就是由他一手策劃出來，所以……他絕對也會親自到場觀戰。」鐵頭對這此十分有把握。

「好……那就讓我們靜心等待吧……」王局長沉穩如山，等待狩獵最佳時機到來。

＊　＊　＊

張思琦真的沒有參與這次的盛會嗎？

從頭到尾都還沒有看到她的動作。

前一天……

「動作快！」張思琦中華商場在廁所裡指揮著數十名賊婆。

「思琦，都沒問題了噢！」賊婆細心的做了最後一次的確認，沒問題了之後向張思琦回報。

「嗯，那我們撤吧！」張思琦比了個ＯＫ的手勢，要賊婆們趕緊離開中華商場，只怕對方也會走出同一步。

「我們真的當天不能來嗎？」前來準備的賊婆們其實也心有不甘這次的盛會居然不能加入。

「是啊……」張思琦一臉若有所思……

賊婆們被規定在決戰當天所有人不准參與，畢竟男生們的戰鬥力如果分散到保護女生們就會被減弱許多。

張思琦起初與龐又德為此吵得沒完沒了。

「龐又德你為什麼這樣決定？是瞧不起我們賊婆嗎？」張思琦火冒三丈講話不再客氣。

「我不是瞧不起賊婆，妳要想想看女人家的精力有男生們好嗎？」龐又德煩惱這件事好幾天了，明知道這個決定張思琦一定不會接受。

「人數上我們就吃了虧了！還不讓賊婆出征？鄧稔都可以去了？賊婆不能嗎？」張思琦一心一意也全為了威海海專名聲著想。

「拜託……別說到我這來。」鄧稔原本坐在一邊，最想聽到的就是自己可以不用去，現在無辜成了眾人們注意的對象。

歷少連與游國洋還偷偷交頭接耳竊笑了起來。

「思琦，男人們都是視覺動物，我們都很清楚吧。如果哪個賊婆為此破了相，人生長長一輩子她該怎麼辦？」陳琳的一句話讓兩人都不再執著。

「看吧！」龐又德一聽到有人跳出來幫腔連忙又再補了一句。

「龐德，賊婆們一定有別的事可以幫得上忙的吧？再想想看吧……」陳琳也覺得賊婆的能力不輸給海盜們，但是真要比起拳來腳往，女人天生就先輸了一半。

「啊！」游國洋看著自己心愛的人都跳出來說話，趕緊想了個方法。

「你啊什麼？」張思琦看向游國洋。

「那個……其實有很多武器是我們當天帶不過去的，不如讓賊婆們先拿去放置在廁所吧！」

「游國洋，你難得聰明耶……」龐又德心裡算了算，這不失為一個好方法呀……

游國洋鮮少在會議中說話，通常扮演著挨罵的角色，這次受到大家稱讚的眼神，游國洋也覺得好開心。

「好吧！」張思琦雖不甘願，但是為了賊婆們著想，也不再多爭辯。

「那就這麼決定了吧！」龎又德歡天喜地的快速下了結論，深怕張思琦又想要再多往危險之地走一步。

＊　＊　＊

游國洋帶隊從西門進入中華商場信棟的海盜們，遇上了早已等待多時的強如高中。

「我們還以為威海海專頂頂有名的海盜不來了呢……」

仇人見面，分外眼紅。

強如高中看到威海海專就先是一陣酸。

游國洋一拳直接往剛才說話的學生臉上招呼。

「媽的，怎麼會不來了呢？」帥氣的一拳，後面的海盜們也開始叫囂。

雙方人馬正式開打，數十人在中華商場內暴動。

海盜接二連三拿出游國洋所準備的武器，有人抽出小武士刀就是一陣亂砍；有人拿出球棒來應戰。

強如高中怎麼會沒做準備？

雖不是前幾強愛逞兇鬥狠的學校，假如空手而來也太小看威海海專的實力。

第一戰區內第一場大型械鬥正式開打。

因為信棟主要是販賣小吃，所以打起來也特別有趣。

連傳說中七大武器之首「好折凳」都隨處可得，無論是要拿來阻撓對方攻擊或是加強攻擊對方，簡直一舉二得。

連鍋子、菜刀、筷子頓時全變成要命的武器，在學生們身邊華麗的飛舞。不停在攤位間穿梭的追逐、此起彼落的叫囂聲、攤販們又驚又怕的尖叫聲混合演奏出驚人的實戰交響曲。

張瑋等人也到達了第一級戰區，帶領著大批人馬，衝進中華商場信棟內，準備殺個片甲不留。

＊　＊　＊

「思琦！妳不要去！」

陳琳與張思琦在日式建築前拉拉扯扯，陳琳使出渾身解數巴著張思琦就是不放手。

龐又德擔心張思琦還是會在決戰當天跑到中華商場參戰，特別指派陳琳到她家看著張思琦別讓她有機可趁。

「陳琳，妳不要拉我！」張思琦力氣遠比陳琳大得多，只是真要她用力去推陳琳，她還真的下不了手。

「思琦!!」陳琳平常根本就不愛運動，這麼一來一往的拉扯，耗去陳琳大半的體力，抓著張思琦的手也抓越無力。

「可惡的龐又德，是他叫你來的吧！」張思琦看準陳琳體力用完，一個大力的扭身把陳琳甩到了地上去。

「呀!!」陳琳趴在地上動彈不得，全身大小擦傷，痛得眼淚直流。

「陳琳！」張思琦擔心的往前走了一步，只怪自己剛才實在是太大力了些……

「妳不要去啦！」陳琳顧不得全身疼痛，硬是站了起來，伸手就要再拉住張思琦。

就在千鈞一髮之際，張思琦轉身開始狂奔。

「陳琳，別擔心，我不會有事的啦!!」

張思琦直覺告訴她，今天，所有的問題都可以得到解答!!

「怎麼辦……」徒留陳琳傻站在原地，急的像是熱鍋上的螞蟻。

「不行！思琦……等等我！」陳琳害怕張思琦真到了中華商場，一定會跟那些男生們真的打起來。

邁開步伐，陳琳跟著張思琦往中華商場的方向移動……

＊　＊　＊

「哇，還真的是打得火熱呢……」待鄧稔進入中華商場信棟後，實戰交響曲已經在演奏。

鄧稔站在一邊，事不關己的模樣觀賞精彩的打鬥畫面。

「嘿嘿，先在這躲一下好了……」趕緊找個地方先閃避第一波的攻擊，等待鄧豪等人都到了，開始第二波之後再出去露個面，才是聰明之舉呀!!嘿嘿……

＊　＊　＊

「糟糕！思琦是往信棟還是義棟啊？」

依張思琦橫衝直撞的個性和精力充沛的速度，陳琳這個弱質女孩追她在後面根本連個馬尾巴都看不到……

這下只好賭一把了……

陳琳緊張的往信棟走去。

然天不從人願，張思琦跑去的方向和陳琳選得……剛好相反。

劉曜華此時也帶著一群八大校的學生們守株待兔。

十

「終於到了啊……」

站在義棟前，龐又德一路到打到中華商場，身上已帶點狼狽。卻能站在中華商場前，感覺到陣陣徐風吹過，好似他是來此地觀光遊玩，而不是這場混戰的重點人物。

「龐德，你也到啦……」歷少連站在龐又德身後，同樣身上都帶點狼狽。

「哈哈哈哈，我怎麼能比你晚到呢？」龐又德漾起了笑容，最招牌帶點壞的笑容。

兩人閃過重重警衛，輕鬆就混入義棟。

「我等等往二樓走，你就待在一樓吧！」龐又德輕鬆的說。

「沒問題，劉曜華今天也會到吧？」歷少連看著龐又德，語調裡帶著緊張卻又興奮。

「是啊，就讓運氣決定他在信棟或義棟吧！」語畢，龐又德往二樓的方向跑走。

在義棟等著他們的又是什麼呢？

＊　＊　＊

信棟。

陳琳看著眼前一片腥風血雨，慌張的在人群之中尋找她唯一的目標，張思琦。

眼尖的她往前沒幾步就看著肩負刀傷坐在東北小吃館角落的張瑋。

「啊！你沒事吧……！」陳琳立刻跑上前去，查看張瑋的傷勢如何。

「為什麼妳會在這?!」張瑋原本只是在待在角落稍作休息，卻沒想到看到最不應該在這裡出現在的陳琳。

「你在流血……怎麼辦？」陳琳看著心愛的男人鮮血不從肩上不斷流出，擔心的眼淚也流了下來。

「我問，妳他媽的為什麼會出現在這裡？」張瑋緊張的對著陳琳吼了起來。

現在大家正殺得眼紅，要是被其它學生們看見張瑋與威海海專的女生待在一起還得了嗎？

雙方學校正門個你死我活，張瑋與陳琳的事一直保密著，即使是張瑋的妹妹；陳琳的好朋友，張思琦都不知道情。

「龐德叫我看好思琦，可是她剛才偷跑了過來……我是來找思琦的。」陳琳被張瑋這麼一吼，傻傻的回答張瑋剛才所問的問題。

「媽的，妳能不能為自己想想啊？這種地方是妳該來的嗎？張思琦愛來就讓她來就好了！妳跟著來幹嘛啊？」

張瑋顧不得身上的刀傷立刻起身，拉著陳琳就要往外走。

「妳趕快先走吧……」張瑋左顧右盼深怕被其它人看到兩人在一起的情形。

「你的手，你的手……」

如此大的動作，導致張瑋的血加速流動，血越染越大片。

「別管我的手……」

當張瑋拉著陳琳時，有個海盜站在前面看了許久……

「陳琳……你為什麼在這裡？」游國洋站在原地，看著二人的動作，一時之間腦筋還轉不過來。

「游國洋……」這麼大的械鬥場面早嚇壞了陳琳，也不知道該怎麼向游國洋解釋現在到底是什麼狀況，為何兩人會走在一起……

「妳快過來！張瑋你敢動陳琳一根汗毛試看看!!我絕對會跟你拼了!!」游國洋誤以為張瑋要拉陳琳到哪裡傷害她。

游國洋對陳琳的感情在威海海專也是早就公開的事實，看著喜歡的女生要被人傷害，游國洋腎上腺素激增腦中完全無法思考。

「你白痴嗎？我會傷害陳琳？」張瑋也顧不得不能公開的事，只怕僵持下去一不小心陳琳會受傷。

張瑋一直以來形象都是詭計多端，游國洋並不相信張瑋所說的話。

「快放開她!!！快點放開她!!」游國洋看見地上有把不知道誰落下的小武士刀，毫不猶豫馬上撿起來，刀口對向張瑋。

張瑋決定先讓游國洋冷靜下來再說……

「游國洋，你聽我說我真的沒有要傷害陳琳。」張瑋把原本緊握著陳琳的手鬆開，目的就是要表示他真的沒有要傷害陳琳或是強迫陳琳去哪裡……

情勢突然變得這麼緊繃，加上游國洋手上拿了把刀……

順著張瑋手一放開，陳琳腳軟直接跪坐在地。

游國洋手上的刀越握越緊，清晰可見手上的筋都爆出來。

「陳琳……妳沒事吧？」游國洋看見陳琳剛才為了拉張思琦被甩出去受的傷口。

啪！游國洋聽見腦袋裡好像有什麼聲音？陷入完、全、喪、失、理、智。

「張瑋……我跟你拼了！」游國洋拿著武士刀急速衝向張瑋。

「游國洋你冷靜點，不是這樣的啦!!」鄧稔不知道從哪裡衝了出來。

還是來不及，小武士刀劃下，一刀接一刀。

鄧稔被游國洋劃到頸部及肩膀、背部等處也被殺了四刀。

噹，游國洋鬆手，小武士刀掉到地上，發出了清脆的聲響。

鄧稔倒下。

空氣剎那間全都凝結。

「啊!!」陳琳的尖叫聲，突破了剛才瞬間寂靜。

信義一樓所有的眼神都注視了過來。

「快送醫院，快叫救護車!!」張瑋看著鄧稔的傷勢，朝著原本正在你死我活的學生們大吼。

信棟的械鬥，就此結束。

所有人都意想不到，原來當血如此真實的在面前噴灑，是這麼的驚心動魄。

而還在義棟爭凶鬥狠的學生們，完全感受不到隔壁棟已經發生悲劇。

＊　＊　＊

義棟。

「哈，你的運氣真的把你帶到這來了？」龐又德上了二樓之後，看見的就是劉曜華在等他。

「不，不是運氣，是我算準了你會往這裡來。」劉曜華站在長廊上，氣定神閒。

「你算準了？怎麼說？」

「你把游國洋與鄧豪放到信棟，你會不往義棟來？」劉曜華雙手空空，沒有帶著任何武器。

「你怎麼會知道我是如何調度的？」龐又德開始做起拉筋暖身的動作。

「當你們在馬路上演著一場場的鬧劇時，很明顯的就可以看出來你們分佈的人力，難道你沒發現嗎？」劉曜華看向窗外，發現有救護車停在信棟門口。決戰似乎要準備結束了。

「在這種時候了，你還能冷靜的觀察，還真有你的啊……」

「是啊，三百台偉士牌是能夠大大提升士氣，但或許對我來說，這也是你最大的敗筆了」

「看來，我似乎也不應該帶著這個？」龐又德從腰間抽出一把扁鑽，隨即丟棄在地上。

「我們是要繼續聊天嗎？」劉曜華一臉蓄勢待發的模樣。

「哈，臭屁。」龐又德一步步靠近劉曜華。

劉曜華沒往後退。

直挺挺的像個男子漢。

龐又德首先發出攻勢，劉曜華隨即閃避。

過了幾招之後，劉曜華腿部中了好幾腳。

「厲害啊……你的泰拳越打越好了。」劉曜華笑笑，好似剛才龐又德連續的泰拳技「耍膝」並不影響到他。

事實上，腿部傳上來的麻痛感讓他冷汗開始流。

「是啊……你的柔道也進步許多。」龐又德剛才被劉曜華一記「腰卷跳」借力使力摔個正著。

「沒辦法，書局少東嘛……又愛甩保鏢，只好多練幾招來防身……」

劉曜華忽然一個箭步發出突擊……一招單手背負投在千鈞一髮之際被龐又德閃過，不然重力加速度下，背部這次遭受的就可不是剛才那種力道。

龐又德看準時機劉曜華還來不及防禦，打泰拳最常見的連續組合拳……

招式一式比一招狠，速度一招比一招快。

* * *

張思琦慌忙衝進義棟時，看見得也只能用一片混亂來形容，雙方學生像是每個人都背負血海深仇一樣在互相追逐、毆打。

門外傳來的救護車聲吸引了張思琦的注意。

往外一看，正好看見鄧稔全身是血躺在擔架上了救護車。

「搞什麼？」就說了鄧稔真的不該來的……

在一樓看了一輪，撂倒二個日月開商工的學生後，轉身上了二樓。

「你們二個都給我住手！」

張思琦的聲音一出，馬上吸走二個的注意力。

「妳……」

「妳……」

劉曜華與龐又德默契停手，說出一樣的話。

「你們知道有人受傷了嗎？」張思琦冷眼看著眼前二個男人。

「誰？」龐又德緊張的問。

「是剛才那台救護車嗎？」劉曜華最不願見到的就是有人受傷。

「你們現在懂得問了？懂得關心了？是鄧稔!!他混身是血被送上了救護車!!」張思琦激動得幾乎是用咆嘯的說出。

「鄧稔!?他不是最會跑了嗎？」鄧稔是所有人當中裡最料想不到的人選。

「龐又德，你給我滾去看他的傷勢到底怎麼樣了!!」張思琦眼睛氣得發紅。

劉曜華看了一眼龐又德，眼神對上時，也默契的了解現在不是再打下去的時候。

待龐又德離開，張思琦轉身看著沉思中的劉曜華。

「情況不應該變成這樣的……」根據劉曜華與鐵頭的計劃裡，千算萬算就是少算了這一步。

「不然情況到底該如何？」張思琦眼睛瞪大看著劉曜華。

「你到底什麼時候才要跟我解釋？到底這一切是他媽的怎麼回事啊？」張思琦又發出一記激動的咆嘯。

「可以了，現在全都可以說了，這次決戰中華路都結束就都可以說了……時候終於到了。」劉曜華語重心長的說出。

「？」張思琦不解，為什麼一定要到了這種時候才可以說。

「其實，所有的一切包括我轉學開始，就是鐵頭所策劃的。我的父親有筆黑金記錄當初是鐵頭壓下來，所以我的父親欠他一個重大的人情。鐵頭故意叫我找個機會被轉走，當初我真的沒有打黃宇浩他們三個，全都是警局瞎掰給報社。」劉曜華如釋重負把心裡所有的話全盤托出。

「目的到底是什麼？」張思琦總覺得有不對勁的地方。

「目的……警方收獲線報，有人在暗中指導這一場決戰中華路的戰役……」劉曜華決定都說出來，是該都讓張思琦知道的時候。

「有人暗中指導？不就是你們吵出來的嗎？」張思琦越聽越模糊，到底是誰這麼無聊？

「一半一半吧……」劉曜華與龐又德的默契真的十分驚人，他們都心照不宣這次其實是他們二個想在戰術運動與體技一決高下，所以這一搭一唱的演出除了幕後推手外，也包括他們二人的自私。

「什麼叫一半一半？暗中指導的人是誰？」張思琦直覺，劉曜華知道這麼多，一定會知道始作俑者的身份。

「是……是你爸。」劉曜華說完這句話，便不敢再看向張思琦。

「我爸？怎麼可能!?為什麼？」張思琦表情瞠目結舌，完全沒料到這個答案是竟像是天方夜譚。

「妳想想，游國洋家雖然做遠洋貿易，但是真的能夠一個禮拜弄來三百台偉士牌？再來，這麼大的械鬥警方的兵力會只有這樣？我說一個最簡單的例子，黃宇浩怎麼會不找艋舺的人過來？連他本人，他老頭都不准他來了……」

很明顯得，有些事只有黑道才有辦法做得到。

「至於為什麼？只能回去問你爸了，警方只派我來了解戰況而已，其它的我概不知情。」劉曜華走向張思琦，怕她無法承受這個答案。

「我要回去了……」張思琦轉身跑向樓梯。

現在她只想要立刻知道究竟爸爸是為了什麼要引起這麼大一場械鬥，一點道理都沒有。

「張思琦！」劉曜華擔心她會做出傻事一把拉住她。

「劉曜華我再問你。」張思琦故意讓劉曜華抓住她，因為她還有一個問題沒有得到解答。

「還有什麼問題嗎？」劉曜華反倒吃了一驚，沒有想像中張思琦的極力掙扎，換來了一個問句。

「那天……你為什麼先走？」

「哪天？」

「去速食店那天……」張思琦非常不安，她真的不能再知道更多意料之外的答案，但是這個問題要是不問，她嚥不下去。

「……」這個問題讓劉曜華沉默了。

「快說!!」劉曜華越是不說，張思琦就是越是緊張。

劉曜華滿臉通紅，用細小如蚊叫般回答了問題。

「劉曜華你真的太過份了!!」張思琦一臉不敢置信，接著奮力推了劉曜華一把，便轉身跑走。

「啊!!」劉曜華發出了這輩子有史以來的第一個尖叫。

為什麼呢？

因為劉曜華一屁股摔倒在地，不偏不倚的……坐到了龐又德帶來的扁鑽。

＊　＊　＊

王局長看向窗外，信棟與義棟外停放越來越多的救護車與警車。

「鐵頭，你可以告訴我，為什麼事情發展到現在，怎麼和我們當初所說的都不一樣嗎？張瑋與張思琦的父親並沒有現身，回去我要怎麼向上頭交待？要不是你當時信誓旦旦的說沒問題，我還可以調派更多的兵力到中華商場陣壓，而且樓下學生們的戰況越來越走調……？」王局長終於耐不住性子發問。

「哈……」鐵頭隱隱笑了起來，笑中藏著哀傷與憤怒。

「你笑什麼？」王局長似乎發現整件事情演變得不太對勁。

「哈哈哈哈哈哈……」鐵頭的笑聲從陰冷變成猖狂。

「你到底在笑什麼？」王局長緊張得從座位上站了起來。

背後冒了一身冷汗。

「我們的過去……你都忘了嗎？」鐵頭眼神像是著了火似怒視王局長，表情帶著一種強烈的情緒，是恨意。

「我不懂你的意思……那些事不都是過去了嗎？」王局長視線飄移不定，始終不敢把眼神看向鐵頭。

鐵頭突如其來的問題，王局長上句才說不懂意思，下句就都接過去了，那不等於間接承認鐵頭所說的話了嗎？

王局長早將那一段不堪回首的往事，全數塵封在心底。

「王局長啊……你說的還真簡單……」鐵頭緩慢的一步步逼近王局長。

「……」王局長沉默不語無言以對。

「總共七十七次……一千一百九十四分鐘，你都不知道吧？」鐵頭臉上的肌肉線條緊繃到了臨界點，像是一點一滴逐漸蛻變成討債的魔鬼。

「……」

「開玩笑的啦！我哪記得這麼清楚～」鐵頭瞬間緩和下來，以輕鬆的口氣帶過。

「鐵頭……你！」王局長臉色唰的大變，像極了脹紅的豬肝色。

「呵……」鐵頭一改剛才帶著強烈壓迫感的態度，讓王局長一時之間不知所措了起來……

「我說的都是真的，每一次；每一分；每一秒至今我都不曾忘記過，為什麼是我？」鐵頭接著說。

「沒有為什麼，你的話太多了，再說下去對誰都沒有好處，鐵頭你是聰明人，別把場面搞得一發不可收拾！」王局長慢慢找回當初的鎮定，試著用過去高壓手段，逼迫鐵頭不要再說下去。

「對誰都沒有好處？你確定嗎？王局長……」

這一句話，讓王局長從頭到腳打了一個紮實的冷顫。

「這句話是什麼意思？到底他媽的什麼意思？」王局長怒吼完全失去再僵持下去的耐性。

「……」鐵頭保持沉默。

沉默可以讓一個人開啟很多不同的想像空間，尤其是在恐懼感佈滿全身的時候。

「我要走了。」

王局長立刻一個轉身拿起隨身物品走向大門。

鐵頭如鬼魅般的速度擋在王局長面前，人如其名堅定如鋼鐵。

「你……讓開。」王局長感受到極大的壓迫感從面前撲來。

這是我當初認識的那個鐵頭嗎？

感覺完全蛻變成另一個人啊……

當你帶個滿腹的仇恨，要變成另一個人似乎就不是難事了……

更何況時間都過這麼久，要準備跟等待都夠用。

這一刻我等了多久？佈了多少的局？

王局長現在不會懂，以後也不會懂……

鐵頭突然從腰間抽出一把西瓜刀，以迅雷不及掩耳的速度朝王局長胸前砍去。

「我……」王局長話都還沒說完，鐵頭抽出西瓜刀，從左肩又隨即再補了一刀、再來是右肩；身體四肢各個關節；鐵頭肯定不會放過當初最最痛恨的那個部位……

強烈的劇痛感在王局長全身流竄，鮮血渲染了王局長全身，鐵頭也沾滿了一身仇人的血。

有人說，被刀砍到的感覺是冰涼的。

卻沒有人說過，拿刀的那個人，混著恨意的手更涼。

＊　＊　＊

為什麼？把整件事翻過來想……還是一點可能性都沒有。

原本以為只是單純的械鬥事件演變成是張爸爸的陰謀，最可怕的是，事情所有演變到現在，警方居然早就盯上……

張思琦站在自家門口日式建築前，想破腦都想不透。
真的要這麼衝進去找爸爸盤問嗎？
我真的能夠得到我要的答案嗎？

＊　＊　＊

張家。
古老和室內，坐著二個人，低頭不語泡著茶。
一個緊張的男孩和一個沉穩內斂的中年男子。
「記得我們說過很快就會再見面吧？」中年男子嗓音混厚，挾帶著威嚴。
「是。」
「劉曜華同學？我沒記錯吧？」
「是。」劉曜華雖然見過張爸爸一次，卻還是非常緊張。
上一次的會面是張思琦喝醉他送她回家，這一次是管家直接把車停在校門口接他上車……完全沒有說不的權力。
「知道今天來所為何事嗎？」

「是詢問思琦功課上的進度嗎？張爸爸別擔心，我們都有很努力在指導思琦。」劉曜華想不出任何理由他會出現在這裡。

「不是。」

「蛤？」劉曜華這下子真的是一頭霧水了……為什麼？怎麼會不是……

「是想請你幫個忙。」

張爸爸拿起茶杯先聞了聞茶葉所散發出來的香氣。

「請問，我能幫上什麼忙嗎？」

「我知道『對不起，其實我是臥底』的計畫了……」

劉曜華聽到張爸爸的話呆若木雞。

怎麼會……鐵頭不是說不會有人知道這件事嗎？

「等你轉到凱南高工後，想盡所有辦法，讓一切順利進行……這個計劃我相信，對你來說很重要，對我來說也一樣。」

張爸爸抬頭看了看劉曜華，那眼神像是在說，你敢拒絕就準備橫著出我家門吧……

哪來的膽子說不？

「是。」劉曜華一口就答應張爸爸。

因為，完全沒有說不的餘地呀……

「麻煩你過來這趟了。」語畢，張爸爸伸手做了個送客的手勢。

「那……我就先離開了？」

「嗯。」張爸爸說完便拿起報紙，沒再看過劉曜華一眼。

走出張家大門後，劉曜華還是一頭霧水，這件事張爸爸到底怎麼會知道的？

不過關於整件事的內幕，劉曜華知道，自已知道得越少越好……

「老爺，有您的電話。」管家有禮的把電話遞給張爸爸，隨後退出門外。

「喂。」

「張先生嗎？我是威海海專校長。」

「校長先生您好。」

「關於上次的會議，您考慮得怎麼樣了？」

「這一舉二得之計我沒問題，您也可以幫助您想幫助的人，是吧？」張爸爸簡單的表達自己的意思。

「嗯……這樣我明白，再見。」

「再見。」雙方達成共識，掛上電話。

校長室這頭，有的可不只有校長一個人。

「鐵頭，你的機會來了……想辦法讓王局長掉入陷阱吧……」

＊　＊　＊

劉曜華在慘痛的大叫後被人發現，也被送上其中一輛救護車。

「同學，聽其它同學說二樓只有你一個人，為什麼你的屁股會受傷呢？」

現場記者也都趕到，趕緊做採訪回去交給晚間新聞部報導。

「我不過想拉屎而已啊～～」

劉曜華的回話讓記者當場傻眼。

「同學同學，想拉屎跟你的屁股受傷到底有什麼相關呢？」

「不好意思，這位同學要上救護車了，請讓開!!」救護人員不等記者等到答案就把劉曜華給送進醫院。

醫院裡龐又德瞭解了鄧稔的傷勢，過了急救的危險期，轉入普通病房休養，讓他頓時間安心不少，旁邊的游國洋雙眼放空，手還不停的在顫抖。

＊　＊　＊

張思琦等到張瑋都回到家門口才與張瑋一同進入家門。

「小姐、少爺老爺請你們到和室。」

張思琦和張瑋互看一眼，怎麼會突然倆人一起被叫進去。

「父親。」張瑋和張思琦跪坐在塌塌米上。

「今天，好玩嗎？決戰得怎麼樣了呢？張瑋，還喜歡陷害、戲弄別人嗎？張思琦，還喜歡跟著大伙打架、鬧事嗎？」

張爸爸一番話讓二人都說不出話。

「父親，要決定繼承者了嗎？」張瑋的聰明才智早猜到，這才是父親最根本的用意。

所以在凱南商工不管是人員調度還是戰術運用、準備，張瑋根本就不參與。

在這次的戰役上，最大的二個指揮者是劉曜華與龐又德。

張思琦恍然大悟這才是他們說的，父親策劃的用意吧？

「張瑋你都知道？我果然沒有生錯兒子，你的確很聰明。」張爸爸露出一個欣慰的微笑。

「從劉曜華轉學過來那天我就在猜了，所有事情連起來都太奇怪。」

「是啊，原本我的用意是想看你們二邊會用什麼方法來應戰，再決定讓你們誰來坐我的位置。」張爸爸不諱言直接坦承目的。

「可是這不是一場我跟哥哥之間的戰鬥。」張思琦思路開始越來越清楚。

「我也說了，那是原本，現在我改變主意了。」

「為什麼？」

「因為你們根本無心繼承，張瑋從小就在逃避，到現在，你還是讓劉曜華去指揮。」

「嗯。」張瑋也明白從小到大這一切父親一定都看在眼裡。

「而我最不願見到的就是思琦繼承，妳太善良了，這種世界真的不是妳該參與的……」

張思琦默默低下眼簾不發一語。

「妳太像妳媽媽了，那麼單純、樂天、直來直往……」

這個家不能提的字眼，張爸爸自己居然先提起了，張瑋與張思琦都著實嚇了一跳。

「我們需要好好開個家庭會議，我就快要去陪你們的媽了……」

「!!」

看來今天值得吃驚的事不只一件……

＊　＊　＊

「都結束了……」劉曜華包紮躺在病床上望著天花板放空。

「你確定？」龐又德突然從病床後的布廉走出來。

「龐德！」劉曜華看到龐又德突然的現身，內心激動不已。

「你沒事了吧？」龐又德最終還是明白，不管怎麼樣，兄弟還是兄弟，過去的友誼是抹滅不去的。

「嗯……鄧稔沒事了嗎？」

「嗯……轉到普通病房了……」

「你剛問我確不確定？是什麼意思？」劉曜華突然想起剛才龐又德說的話。

「哈哈哈哈哈。」龐又德嘴角上揚，笑了起來。

「你笑什麼？智障噢？」劉曜華看著龐又德笑個不停，自己也跟著笑。

「對了，你的屁股為什麼會受傷啊？」龐又德想起來，他還沒有問到劉曜華受傷的原因。

劉曜華立刻停止笑意……換上最低落的臉色……

「別問了啦……」

「除了鄧稔的傷，各大校之間，應該都爽快多了吧？這麼大一場戰役……」龐又德突然說。

從劉曜華轉走到決戰中華路，多久沒有把心情放輕鬆一點了？

每天都不停的思考如何暗算對方，真的很累……

原本就是世仇的兩間學校，打了無數學期、無數屆。

從互相吐口水、打嘴砲到真的拿刀互砍，有需要這樣嗎？

劉曜華又何嘗不是這樣想得呢？

「這算是一笑泯恩仇嗎？」龐又德很喜歡現在與劉曜華放鬆談話的感覺。

「誰跟你泯恩仇，你忘了我們還沒打完嗎？要不是思琦衝了進來，我絕對再三招就可以制服你！」劉曜華語氣十分有把握。

「媽的，要不是思琦攪局，我下一招就可以打倒你了好不好？」

「不要嘴砲啦～～承認事實沒有這麼難啦～～」劉曜華反譏回去。

「拜託～你少在那邊唬爛啦～」龐又德怎麼會認輸？

「幹，等我好再打一場啊！」

那是一場還沒打完最純正的「肉搏」啊！

「拜託！上次跟我打架的那個人到現在聽到我名字都會抖。」

「這麼遜就不要拿出來說了～上次被我打的那個人……」

學生打架不是應該簡簡單單的為了消耗多餘體力互毆嗎？

* * *

「張思琦！」劉曜華意想不到的訪客除了昨天的龐又德之外，張思琦居然來看他了。

「你傷好點沒？藥有沒有準時吃？」

「妳怎麼樣了？回家之後呢？」

二個同時迫切的問對方情況到底如何，問完後又一同大笑……

「哈哈哈哈哈。」

「你知道鐵頭辭職了嗎？」張思琦問。

「不知道，但我不意外……總覺得事情會跟他有牽連……」

「劉曜華為什麼你的屁股會受傷啊？」張思琦記得那天衝到樓下後，所有人早就開始慌亂逃逸深怕被警察抓走。

「妳居然敢問……還不是妳推我那一把……」劉曜華想起來就覺得冤，打架受點小傷不是應該很man就是應該可以拿出來吹噓，他這麼傷被人問了都不敢回答……

「我？又跟我什麼關係啊？」張思琦似乎有點不好的預感，知道真的是自己害了他，話鋒馬上一轉。「我帶了水果來看你耶……」

「真的嗎？削給我吃啦～」劉曜華逮到機會馬上向張思琦撒嬌。

「不會自己削噢！」張思琦嘴巴上那樣說，還是動手拿了一顆蘋果削起皮來。

這一刻，劉曜華真的覺得自己好幸福，看著張思琦安靜的幫他削蘋果，輕鬆的談天說笑，最重要的是，再也沒有任何秘密。

「張思琦。」劉曜華突然開口叫她。

「嗯？」

張思琦原本專注的削著蘋果，一抬頭劉曜華悄悄的吻上她嘴唇。

像蜻蜓點水般，輕柔的一吻。

「我喜歡妳，我是說真的。」劉曜華眼中的堅定，張思琦都看到了。

「那吳凌凌跟你熱舞你也喜歡嗎？」張思琦打趣的逗著他。

「吼~妳們女人家還是不要說話好了啦！」劉曜華馬上變成一張苦臉，無奈的看著張思琦。

「那……再吻我就好啦……」說完，張思琦自動送上小嘴回吻了劉曜華。

這個吻更深刻、更長久。

是那麼溫柔、那麼甜美、那麼夢幻、那麼小鹿亂撞。

房門外的龐又德差點就破壞了這一刻。

「我……還是不要進去了吧……」龐又德笑笑，收拾了心碎，離了開醫院。

* * *

不久後又再一次展開多人鬥毆。

這次只有威海海專ＰＫ凱南高工。

不過先約法三章，不准帶武器，不准真的受傷、完全的一對一。

張瑋、七剎、黃宇浩、歷少連、游國洋、陳琳、張思琦、鄧豪，連傷勢好得差不多的鄧稔都來了。

「對不起……我當時真的……」游國洋對鄧稔真的很抱歉。

「沒關係啦……那是因為你真的不清楚狀況……下次別再這麼衝動了。」

鄧稔雖然膽小又怕死，但是卻有一個寬容的心。

「龐又德！你準備好了嗎？」劉曜華做好暖身蓄勢待發。

「劉曜華！受死吧你!!」

要青春02　PG0919

要有光 FIAT LUX

鬥陣

作　　者　彭思舟、么九
責任編輯　邵亢虎
圖文排版　彭君如
封面設計　王嵩賀

出版策劃　要有光
製作發行　秀威資訊科技股份有限公司
114 台北市內湖區瑞光路76巷65號1樓
電話：+886-2-2796-3638　傳真：+886-2-2796-1377
服務信箱：service@showwe.com.tw
http://www.showwe.com.tw
郵政劃撥　19563868　戶名：秀威資訊科技股份有限公司
展售門市　國家書店【松江門市】
104 台北市中山區松江路209號1樓
電話：+886-2-2518-0207　傳真：+886-2-2518-0778
網路訂購　秀威網路書店：http://www.bodbooks.com.tw
國家網路書店：http://www.govbooks.com.tw
法律顧問　毛國樑　律師
總 經 銷　易可數位行銷股份有限公司
地址：新北市新店區中正路542之3號4樓
電話：+886-2-8219-1500　傳真：+886-2-8219-3383
e-mail：book-info@ecorebooks.com
易可部落格：http://ecorebooks.pixnet.net/blog

出版日期　2013年4月　BOD一版
定　　價　250元

Printed in Taiwan

國家圖書館出版品預行編目

鬥陣 / 彭思舟、么九著. -- 一版. -- 臺北市 : 要有光,
2013.04
面； 公分. -- (要青春 ; PG0919)
BOD版
ISBN 978-986-89128-1-6(平裝)

857.7 102000078

讀者回函卡

感謝您購買本書，為提升服務品質，請填妥以下資料，將讀者回函卡直接寄回或傳真本公司，收到您的寶貴意見後，我們會收藏記錄及檢討，謝謝！

如您需要了解本公司最新出版書目、購書優惠或企劃活動，歡迎您上網查詢或下載相關資料：http:// www.showwe.com.tw

您購買的書名：______________________________

出生日期：________年________月________日

學歷：□高中（含）以下　□大專　□研究所（含）以上

職業：□製造業　□金融業　□資訊業　□軍警　□傳播業　□自由業

□服務業　□公務員　□教職　□學生　□家管　□其它_____

購書地點：□網路書店　□實體書店　□書展　□郵購　□贈閱　□其他

您從何得知本書的消息？

□網路書店　□實體書店　□網路搜尋　□電子報　□書訊　□雜誌

□傳播媒體　□親友推薦　□網站推薦　□部落格　□其他__________

您對本書的評價：（請填代號　1.非常滿意　2.滿意　3.尚可　4.再改進）

封面設計____　版面編排____　內容____　文／譯筆____　價格____

讀完書後您覺得：

□很有收穫　□有收穫　□收穫不多　□沒收穫

對我們的建議：______________________________

____

____

____

請貼
郵票

11466
台北市內湖區瑞光路 76 巷 65 號 1 樓
秀威資訊科技股份有限公司 收
BOD 數位出版事業部

（請沿線對折寄回，謝謝！）

姓　名：＿＿＿＿＿＿＿＿　年齡：＿＿＿＿　性別：□女　□男

郵遞區號：□□□□□

地　址：＿＿＿＿＿＿＿＿＿＿＿＿＿＿＿＿

聯絡電話：(日)＿＿＿＿＿＿＿＿＿(夜)＿＿＿＿＿＿＿＿＿

E-mail：＿＿＿＿＿＿＿＿＿＿＿＿＿＿＿＿